クローズアップ

今野　敏

集英社文庫

クローズアップ

CLOSE-UP

1

谷口勲《たにぐちいさお》は、八時三十分の執務開始時間よりも早めに登庁した。本来ならば、ぎりぎりで遅刻にならない時刻にやってきたいのだが、組んでいる先輩の黒田裕介《くろだゆうすけ》が二十分前にはやってくるのだ。

別に服務規程上は、先輩より遅く出勤しても問題はないのだが、そんな些細《ささい》なことで文句を言われるのも面白くない。

黒田の仏頂面を見ていると、ただでさえ、気後《きおく》れしてしまいそうになる。彼は、いつも不機嫌そうな顔をしているのだ。

もっとも、警視庁に機嫌がよさそうな刑事などいない。いや、いるのかもしれないが、谷口は、ほとんどお目にかかったことがない。

警視庁本部に異動になり、捜査一課の配属を拝命したときは、珍しく緊張したものだ。緊張はやる気の裏返しだ。

だが、特命捜査対策室と聞いて、おや、と思った。谷口が捜査一課に異動したときに新設された部署だ。重要未解決事件を担当するために作られた。

捜査一課は、捜査の最前線だと思っていた。事件発生と同時に現場に駆けつける捜査員の姿を想像していたのだ。

未解決事件の捜査など、想像するだけで地味だと思った。事実、その仕事は地味だった。ほとんどの勤務時間が、資料漁《あさ》りに費やされる。

死刑に当たる罪の公訴時効が廃止されたので、かつては二十五年で迷宮入りになっていた殺人事件なども、継続的に捜査されることになった。

地味な仕事だが、やってみると、谷口の性《しょう》に合っていた。もともと、不眠不休の激務など好きではない。

会った当初は、苦手だと思っていた黒田も、付き合ううちになかなか味のある人物だということがわかってきた。

黒田は、個人的な話をほとんどしない。相棒なのだから、家族構成とか家庭の様子とか、自然とわかってくるものだが、いまだに谷口は、黒田の私生活を知らない。

年齢も正確には知らない。初任科入学、つまり警視庁巡査拝命の年次などを調べれば、年齢はすぐにわかるが、そんな必要もないと思っている。

黒田は、生活感のまったくない男だった。それがまた面白いと、谷口は思っていた。

仕事熱心で、それに付き合わされるのはたいへんだが、まあ、今のところ、なんとかうまくやっている。

谷口が、茶をいれていると、黒田が登庁してきた。朝の挨拶もせずに、彼はいきなり言った。

「今朝の檜町《ひのきちょう》公園の件、知ってるか？」

「殺人ですね？　ニュースで見ました」

「詳しい内容は？」

谷口は、ニュースで見たことをこたえた。

「午前五時頃に、赤坂の檜町公園で男性の遺体が発見された……。発見者は、通行人で、その人物が一一〇番通報した……。まだ、午前の記者発表前ですからね。その程度のことしか報道されていませんよ」

警察から各報道機関へは、事件発生後に、報道連絡票をファックスで流す。だが、その内容は、ごく限られており、午前中に警視庁で行われる記者発表で詳細が説明される。

新聞の最終版の締め切り時刻は、朝刊が午前一時頃、夕刊が午後一時頃なので、新聞にはまだその件に関する記事は載っていない。

「殺人犯捜査係は、臨場したんだろう？」

「そうだと思います。殺人事件と報道されましたからね」

「確かめてないのか？」

「担当している事案じゃないですから……」

黒田は、顔をしかめた。

「どんな事案が、俺たちの仕事に関連してくるかわからないんだ。誰かを捕まえて話を聞いておけ」

「誰かを捕まえてって言っても、担当の係は、臨場してから、そのまま所轄署に詰めるでしょう。すぐに被疑者の身柄が確保されなければ、捜査本部もできるでしょうし……」

「だったら、所轄に行ってこい」

谷口は驚いた。

特命捜査対策室に異動になり、黒田と組んでから、いくつもの殺人事件が起きている。だが、こんなことを言われたのは初めてだった。

「そこまでする必要がありますか?」

「必要があるから言ってるんだ」

単なる気紛《きまぐ》れじゃないのか……。谷口は、心の中でつぶやいた。

「わかりました。赤坂署ですね……」

出かける準備を始めた。

まだ執務開始時間にもなっていない。外は、十一月とは思えない冷え込みだ。

黒田が、ぽつりと言った。

「なぜか、気になるんだ……」

「え……？」

谷口は思わず聞き返していた。「何です？」

「この殺しがさ……。なぜか、テレビのニュースで見たときから、ずっと気になっているんだ」

「担当している事案のどれかと、関係があるということですか？」

「そんなことは言ってない。ただ、気になるんだよ」

刑事の勘というやつか。谷口は、そういう前近代的なものはまったく信じていない。勘というのは、経験則だという人もいる。なるほど、自分はまだそれほど経験を積んでいないということだろうか。

ならば、経験豊富な先輩に従うしかない。

「行ってきます」

谷口は、赤坂署に向かった。


鳩村昭夫《はとむらあきお》は、ずらりと並んだモニターを見つめていた。午前九時。赤坂檜町公園で刺殺体が発見されたニュースを、各局が流している。今のところは、横並びだと、鳩村は思った。

東都放送ネットワーク、通称TBNの夜のニュース番組『ニュースイレブン』には、二つの班があり、交代で当番をしている。鳩村は、二人いるデスクの一人だった。今日は、鳩村班の当番だ。

『ニュースイレブン』の第一回目の会議は、午後六時から始まる。二回目の会議が、午後八時。最終会議が午後九時だ。

夜の番組なので、午後六時の会議までに出社すればいいのだが、鳩村は、いつも午前中から出社している。

当番の日に何が起きるかわからない。報道マンは、常に気が抜けないのだ。今日のように、早朝から事件が起きた日は、いつもより早めに局に来てしまう。

当然のことながら、番組スタッフは、まだ誰も来ていないと思っていた。社会部の記者かデスクを捕まえて、詳しい話を聞いておこうかと思った。

取材に行った記者がいるはずだ。朝や昼のワイドショーの班は、今大忙しだが、社会部なら、記者発表前の一段落というところだろう。

社会部のほうを見ると、椅子の背にもたれるように座り、あくびをしている布施に気づいて、鳩村はびっくりした。

布施京一《ふせきょういち》は、社会部の遊軍記者だが、現在は『ニュースイレブン』の鳩村班専属の記者として働いている。

ニュース番組を作る上で、記者は欠かせない。TBNの報道局では、社会部と運動部の記者を、看板報道番組の『ニュースイレブン』に割り当てることにしていた。

布施を鳩村班に起用したのは、油井《ゆい》太郎《たろう》報道局長だった。油井は、布施をいたく買っているようだ。

たしかに、布施はこれまで、『ニュースイレブン』に数々のスクープをもたらした。独特の嗅覚があるのは認める。

だが、報道一筋の鳩村の眼《め》には、布施はずいぶんと危なっかしく映る。取材はいきあたりばったりだし、ちゃんと裏を取っているのか怪しくなることもしばしばだ。

勤務態度も、少々問題だと、鳩村は思っていた。会議をサボることも珍しくない。自分は記者なのだから、番組の会議に出ているより、外で取材をすべきだ、というのが、彼の言い分なのだが、番組スタッフは全員で情報を共有していなければならないと、鳩村は考えている。

そのためには会議は大切なのだ。それが、布施にはわかっていない。

いつもは、午後六時の会議にやってくるかどうかもわからないのに、今日は午前中から局に来ている。珍しいこともあるものだと思いながら、鳩村は布施に近づいた。

「おまえがこんなに早く出社しているなんて、どういう風の吹き回しだ？」

布施は、椅子に座ったまま言った。

「赤坂の現場に行ってたんですよ」

「おまえがか……」

「俺だって、記者ですからね」

「映像があるのか？」

「カメラ持っていなかったので、ケータイで映像を押さえましたが……」

「カメラを持っていなかった？　取材に行くのにカメラを忘れたということか？」

「……というか、六本木で飲んでいて、そろそろ帰ろうかと思っていたら、サイレンが聞こえたので行ってみたんです」

「六本木で飲んでいた？　遺体が発見されたのは、朝方の五時頃だと聞いたぞ」

「ミッドタウンの近くのバーで飲んでいたんです」

「朝方まで飲んでいたということか？」

「そうですよ」

それが当たり前のことのように、あっさりと言ってのけた。

バブルの頃は、六本木で朝方まで飲むのは珍しいことではなかったようだ。世の中全体がお祭り騒ぎだった。

毎週金曜日になると、三時四時までタクシー乗り場が長蛇の列だったという。鳩村は、真夜中の酒場などとは無縁の生活を送ってきた。

報道の仕事一筋に生きてきたのだ。自分は、少し堅過ぎるとも思う。世の中をちゃんと理解するには、もっと柔軟に振る舞ったほうがいいのかもしれない。

だが、布施は明らかに常軌を逸していると、鳩村は思う。夜になると、必ずといっていいほど、どこかに遊びに出かけるのだ。六本木が彼のお気に入りらしい。

「……で、その映像はどうした？」

「サーバーに入れてありますよ。でも、ケータイの動画ですからね。画素数もビットレートも悪い。定時のニュースでは使えないと言われました」

どんなに、画像がよくなくても、価値ある映像の可能性はある。定時のニュースでは使えなくても、『ニュースイレブン』のようなニュースショーならば、キャスターのコメント次第で、使いようはある。

近くで飲んでいて、現場に駆けつけたのだから、他局よりも早い段階の映像が撮れているということだ。

「映像を見て、使うかどうか決める。それで、現場の様子はどうだった？」

布施は、またあくびをした。

「どうって、ただの殺人の現場ですよ」

「ただの殺人現場だって？　記者が言う台詞《せりふ》じゃないな。何か気づいたことはないのか？」

「所轄と機動捜査隊が来て、すぐにブルーシートを張り巡らせたんで、様子はわかりませんよ。ただ、血がたくさん出ていたのは見ました。地面にも血だまりができていましたから、遺体の発見場所が殺人の現場と見ていいんじゃないかと思います」

「なんだ、ちゃんと見るところは見ているじゃないか」

「でも、この程度のことは、もうじき警視庁で発表されるんじゃないですか？」

「発表を待っているだけじゃだめだろう。記者がその眼で見た事実が重要なんだ」

「俺が何を見たって、知れてますよ」

「記者が自覚を持ってさえいれば、どんなことでもニュースになり得る」

布施は、ちょっと驚いたような顔をした。

「何だ？」

鳩村は言った。「俺が何かおかしなことを言ったか？」

「そうじゃないですよ。感心していたんです。いいことを言うなって。さすがデスクです」

「茶化すな」

「茶化してなんかいませんよ。本音です」

「とにかく、俺はその映像を見てみる。使えるといいがな……」

「判断は、デスクに任せますよ。俺は、たまたま現場の近くにいただけですから……」

たまたま現場の近くにいただけ……。

布施の場合は、それでスクープを拾うことが多い。彼は、ただ遊んでいるだけだと言うのだが、真偽のほどはわからない。

ただ遊んでいるだけで、スクープを得られるのなら、真面目に仕事をしているジャーナリストは報われない。

布施がよほど強い運を持ち合わせているのか……。そうでなければ、彼は、遊びの振りをして、独自の取材をしているのだ。

かつて、布施が深夜にどんなことをしているのか知りたくて、彼の遊びに同行したことがある。そのときは、本当にただ飲んでいるだけだった。

布施は、どんな店にいても幸せそうな顔をしていた。それが、鳩村には不思議でならなかった。夜の街に繰り出して、高い金を払って、酒を飲む。それが、どうしてそんなに楽しいのか理解できない。

堅物にはわからない世界があるのだ。そう思うしかなかった。

「さて……」

布施が立ち上がって言った。「そういうわけで、昨夜は寝てないんで、これから帰って一眠りしてきます」

「局の仮眠所で寝ればいいじゃないか」

「俺、枕が替わるとよく眠れないんですよ」

「それでよく記者がつとまるな」

布施は、にっと笑った。この笑顔が曲者《くせもの》だと、鳩村はいつも思う。他人を油断させてしまう。子供のように無邪気な笑顔なのだ。

だが、布施が本当に無邪気なはずはないと、鳩村は考えている。とにかく、布施の手綱《たづな》を引き締めるのは自分の役割だと、鳩村は思っていた。

たしかに、スクープを持ってくるのは事実だ。だからといって、勤務態度がいい加減でいいはずがない。

いつまでも現場にはいられないのだ。局にいる限り、いずれは管理職になることも考えなければならない。布施には、そうした社会人としての自覚が足りないように思う。それを教えるのも、鳩村の役割なのだ。

布施が、出入り口に向かって歩き出した。その背中に向かって、鳩村は言った。

「十八時の会議に遅れるな」

布施は、背を向けたまま右手を掲げて、それを振った。

上司に対する態度ではない。だが、なぜか腹が立たなかった。

不思議な男だと、鳩村は、後ろ姿を見送りながら思っていた。

赤坂署はざわついていた。所轄署にとって、捜査本部ができるというのは、一大事なのだ。

谷口は、声高に指示を飛ばしたり、ひそひそと数人で話し合う捜査員たちの姿を、講堂の出入り口付近で、ぼんやりと眺めていた。

話を聞いて来いと言われたが、とてもそんな状況ではない。まだ、講堂内は、捜査本部の体裁が整っていない。

長机は、並べられているが、司令塔となる管理官席はまだできていなかった。無線機や固定電話もまだ用意されていない。イントラネットにつながった端末も、まだない。昔はそういう準備が整うまで、捜査員同士の連絡も取れなかったという。谷口の世代では、そんな不便な世の中は想像ができなかった。

今では、携帯電話があり、話もできればメールも送れる。個々人が持ち込んだパソコンも、ポケットＷｉＦｉなどで、ネットにつなげられる。

それでも、警察では今でも無線と固定電話を重要視している。昔ながらの習慣というのは、なかなか変えられないのだ。

さて、どうしたものかな……。

谷口は、考えていた。このまま、突っ立っていても仕方がない。ましてや、何も聞き出せずに帰るなんてことはできない。黒田に何を言われるかわからない。

誰かに声をかけなければならない。そう思っていると、逆に声をかけられた。

「あれ、あんた、黒田と組んでいる……」

黒田と同じくらいの年齢の、捜査一課の刑事だった。顔に見覚えがある。たしか、武《む》藤《とう》という名の警部補だ。

「はい。谷口と言います」

「ここで何をしている？」

「何か探ってこいと、黒田さんに言われまして……」

武藤は、眉をひそめた。

「黒田が……？　なぜだ？」

「さあ、自分にはわかりません。気になるのだと言ってましたが……」

「黒田がそう言ったのか？」

「はい」

「被害者の身元がわかった。氏名は、片山佳彦《かたやまよしひこ》。片方の片に山川の山。にんべんに土ふたつの佳に彦」

武藤が突然説明を始めた。谷口は、慌ててルーズリーフを開いて記録した。武藤は、さらに続けた。

「年齢は、四十三歳。職業は、ライターだ。『週刊リアル』などで記事を書いていたようだ。雑誌名が入った名刺を数種類所持していた」

谷口は、質問した。

「死因は何ですか？」

「刃物で刺されたための失血死。凶器は発見されていない」

「死亡推定時刻は？」

「まだ、詳しいことはわかっていない。だが、現場での検視では、発見された遺体は、死後二時間から四時間経過していたと見られているので、推定時刻は、午前一時から三時の間だろう。司法解剖の結果が出れば、もっとはっきりしたことがわかる」

「目撃情報は？」

「まだない。これくらいでいいだろう」

谷口は、頭を下げた。

「ありがとうございます。助かりました」

「黒田に言っておけ。何かわかったら教えろ、と……」

「はい。伝えておきます」

武藤は、うなずくと谷口から離れていった。

思わぬ収穫だったと、谷口は思った。まさか、殺人犯捜査係のほうから声をかけてく

ると は思わなかった。これも、黒田の顔の広さのおかげかもしれない。

地下鉄で警視庁本部に戻り、さっそく、黒田に報告した。

黒田は、黙って話を聞いていた。聞き終えると、考えながら言った。

「『週刊リアル』か……。極道の情報を売り物にしている週刊誌だな……」

谷口は言った。

「何かやばいことを書いて、暴力団に消されたんでしょうかね？」

黒田が谷口を睨《にら》んだ。

「誰かそんなことを言っていたのか？」

「あ、いえ、想像です」

「憶測だけでものを言うなよ」

「すいません……」

しばらく考えた後に、黒田が言った。

「しかしまあ、彼が書いた記事が、殺人の動機と関係があるかもしれないというのは、いい線かもしれない」

正直に言って、谷口はどうでもいいと思っていた。自分が担当している事案ではない。

「何かわかったら教えろ。そう伝えてほしいと言われましたが、自分らに何かわかるはずはないですよね。担当じゃないんだから……」

「何かわかったら教えろ、だって？　誰がそんなことを言ったんだ？」

「武藤さんです。殺人犯捜査第四係の……」

「武藤だと？　あいつから話を聞いたのか？」

「そうです。向こうから声をかけてくれて……」

黒田は、小さく舌打ちをした。

「こいつは、ひょっとしたら高くつくかもしれないぞ」

どういう意味だろう。

疑問に思ったが、谷口は何も訊《き》かないことにした。

2

画面は暗い。そのせいでノイズが出ている。携帯電話で撮った動画なのだから、仕方がない。

だが、映っている内容は、なかなかのものだと、鳩村は思った。制服を着た警察官が、ブルーシートを広げているところだった。出動服姿の鑑識係員の姿も見える。

しきりにストロボが瞬《またた》くのは、鑑識が証拠品を写真に収めているのだろう。周辺で歩き回っている男たちは、私服の捜査員に違いない。

所轄の刑事と機動捜査隊だろう。時間的に、まだ警視庁本部の捜査員は臨場していないはずだ。

時間は、一分間ほどだ。六十秒の映像というのは、けっこう長い。編集をすれば、もっとインパクトのある映像になるだろう。

鳩村は、この映像を今夜の放映で使用することに決めた。布施本人に編集をやらせようと思ったが、布施は帰宅してしまった。今頃、自宅で寝ているだろう。

編集マンを見つけて、指示をしながら半分の時間にまとめた。それを、放送用のサーバーに入れた。これで、放映オーケイだ。

鳩村は、報道連絡票をチェックしてから、席に戻った。

午後の時間は瞬く間に過ぎた。気がついたら、午後六時の会議が迫っていた。アルバイトが、大テーブルに最初の項目表を配っている。

『ニュースイレブン』の会議は、常にこのテーブルで行われる。鳩村は、テーブルに移動して、配布されていた項目表を見た。

最初に配られる項目表は、すかすかだ。まだ、内容が確定していないのだ。午後八時の会議で配られる二回目の項目表で、かなり内容は充実してくる。

午後九時の会議の最後の項目表は、いわば完成原稿だ。よほどのことがない限り、この項目表どおりに番組が進行する。

「おはようございます」

女性キャスターの香山恵理子《かやまえりこ》がやってきた。ショートカットで知的な雰囲気の持ち主だ。百七十センチの長身で、彼女のミニスカートが、視聴率に寄与していることは間違いなかった。

ちょっと冷たい印象もあるが、笑うとできるえくぼが、世の中年男性たちの心を捉えているようだ。

もちろん、見かけだけでなく、実力もあり、常に勉強している。

すでに日が暮れているのに、「おはよう」という挨拶をすることに、鳩村は違和感を覚える。

同じテレビ局でも、バラエティやドラマの部署ならば、それでいいだろう。報道は、そういうところとは一線を画しているという自負が、鳩村にはあった。

恵理子は、局アナではなく、プロダクションに所属しているフリーランスだ。だから、どうしても、いわゆる「ギョウカイ」の習慣に従ってしまうのだろう。

まあ、仕方のないことだと、鳩村は思っていた。一般常識に照らしてどうかな、と思うだけで、何も目くじらを立てるほどのことではない。

恵理子は、ジーパンにざっくりとしたセーター姿だ。本番では、スーツに着替える。まだ、メイクもしていない。こうして見ると、本番の画面で見るより若い印象がある。

「今朝の檜町公園の殺人事件だが……」

鳩村は、項目表を見たまま言った。恵理子も、さっそく項目表に眼《め》を通している。

「二番目のニュースね？」

トップは政局だ。

「そう。初動捜査の映像が届いている」

恵理子は目を丸くした。

「初動捜査の？」

「詳しくは、後で説明するが、布施が近くで飲んでいたらしく、たまたまケータイで撮影したんだ」

「あら、また布施ちゃん？」

「画像が粗くて、定時のニュースでは使えなかったが、『ニュースイレブン』でなら使えるだろう」

「当然よ。布施ちゃんが撮ってきた映像なら、定時のニュースで流すより、うちで使うのが筋だわ」

「まあ、そうだな……。後で、鳥飼《とりかい》さんとコメントを考えてくれ」

「わかりました」

その鳥飼が、やってきた。

「よう。今日は一段と冷えるね」

鳥飼行雄《ゆきお》は、メインキャスターだ。ＴＢＮのベテランアナウンサーで、ソフトな語り口が売り物だ。主婦層に人気が高い。

腰を下ろして、項目表を手にした鳥飼に、恵理子が言った。

「布施ちゃんが、今朝の殺人事件の初動捜査の様子を撮影したんですって」

「ほう、さすが布施ちゃんだね」

鳩村は言った。

「たまたま近くで飲んでいたらしいです。朝の五時まで飲んでいたというんですから、あきれますよ」

「それで、いい絵が撮れたんだから、いいじゃないか」

「三十秒の映像にまとめてあります。コメントをお願いします」

「了解だ」

「では、会議を始めましょう。まずは、政局です」

鳩村が言うと、鳥飼は眉間《みけん》にしわを刻んだ。

「毎度代わり映えしないんだが、やっぱり、政局がトップか……。コメントも、マンネリになっちまうな」

「内閣支持率の低下が止まりません。首相は、内閣改造を臭わせています。その辺で、なんとかまとめてください」

鳥飼が思い出したように言った。

「檀秀人《だんひでと》のスキャンダルは、どうする？」

鳩村は、思わず顔をしかめた。

「週刊誌じゃないんだから、やめてください」

「どうしてだ？　視聴者は、関心を持っているかもしれない。檀のような脇の甘さが、支持率の低下に拍車をかけているのかもしれない」

「スキャンダルと政局をごっちゃにしないでください」

「ばか言うなよ。政局にスキャンダルは付きものだろう」

「とにかく、檀秀人の件は、今夜はなしです。週刊誌の記事だって、どこまでが真実かわからないんです」

「ははあ……。デスクは、与党の支持者か？」

「支持政党は関係ありません。報道番組を作っているからには、私はニュートラルな姿勢で臨んでいます」

「冗談だよ。デスクは、相変わらず杓子定規《しやくしじようぎ》だな」

「でもね……」

恵理子が言う。「他局の報道番組では、取り上げているところもあるわよ」

鳩村は言った。

「他局は他局。私は檀秀人のスキャンダルを取り上げる気はありません」

「何の話？」

布施の声がした。彼は、先ほどと同じ服装をしていた。

鳩村は時計を見た。十分の遅刻だ。だが、会議にやってきただけでもいい。もしかしたら、無断で欠席するのではないかと思っていたのだ。

「布施ちゃん、またお手柄だったんだって？」

鳥飼が言った。

布施が着席して、項目表を見る。

「あ、あの映像、使うんだ……」

鳩村が説明した。

「三十秒に編集した。鳥飼さんと香山君が、ちゃんとコメントを入れれば、『ニュースイレブン』で充分に使えると判断した」

「了解です。……で、檀秀人がどうしたんです？」

「例のスキャンダルだよ」

鳥飼が言う。「政局の混迷なんて言っても、視聴者には、今一つぴんと来ないだろうから、そういう話題も取り入れていいんじゃないかと言ってたんだ」

「ええと……」

布施が、珍しく戸惑うような表情を見せた。

恵理子が尋ねた。

「なあに？　何か言いたいことがあるの？」

「そのスキャンダルって、女性ジャーナリストと、一晩ホテルで過ごしたってやつですよね？」

「その他にもさ……」

鳥飼が言う。「地元の結婚式で、暴力団の組長と同席して、いっしょに写真を撮ったという話もある」

「まず、女性ジャーナリストの話だけど、取り上げないほうがいいですよ」

鳥飼が不満げに尋ねる。

「なぜだ？　他局では取り上げているところもある」

「その女性ジャーナリストって、かなり売り込み意識が強くてですね。特に檀秀人に興味があったわけじゃないんです」

「じゃあ、どうしてホテルに泊まるようなはめになったんだ？」

「そのへん、面倒臭いんだけど、実は、その女性ジャーナリストには、宮崎大樹《みやざきだいき》の息がかかっているんです」

「宮崎大樹……」

鳥飼が眉をひそめる。「何でまた……」

鳩村も驚いていた。宮崎大樹は、最大野党の大物議員だ。衆議院議員で、かつてその党が政権を取っていた時代には、閣僚の経験もある。

布施がこたえた。

「宮崎大樹と檀秀人は同じ選挙区です。小選挙区で宮崎は檀に敗れ、比例代表で復活したという経緯があって、檀は宮崎にとって目の上のたんこぶなんですよ。さらに、檀は、将来は総理をやる男だ、などと言われて国民の人気が高いから、野党としては、まず檀をつぶしにかかろうと考えるわけです」

鳥飼が、思案顔のまま言った。

「その程度のことは、俺だって知っている。宮崎大樹が、その女性ジャーナリストの背後にいるというのは、どういうことだ？」

「ネガティブキャンペーンです。戦後ずっと政権を担ってきた党だから、いまだにマスコミには影響力がある。出版社系の週刊誌なんかは、そのネガティブキャンペーンに手を貸している節がありますよね。きっと、政権がひっくりかえったほうが、その出版社にはいろいろと恩恵があるんでしょう」

恵理子が尋ねる。

「その女性ジャーナリストは、ネガティブキャンペーンに利用されたってこと？」

「利用されたというより、お互いの利害が一致したということなんじゃないかと思いますよ。将来、宮崎の肝煎《きもいり》で政界入りするかもしれない、なんて噂《うわさ》もある」

「じゃあ……」

鳥飼が言った。「暴力団組長との写真も、ネガティブキャンペーンの一環ということか？」

「あの写真は、まず週刊誌に載ったんだけど、うまくトリミングされている。暴力団組長の右側に檀秀人が写っていたんだけど、実は、左側には宮崎大樹も写っていたんです。それが、見事にカットされていました」

「まさか……」

鳥飼がうなる。「そんなことをしたら、誰かが気づくだろう」

「それが、あの党の影響力なんですよ」

「たしかに、最近、不思議なくらいに檀秀人のスキャンダルが噴出しているような気がするな……」

鳥飼が言うと、布施が肩をすくめた。

「そのうち、舌禍《ぜっか》事件を起こしますよ」

「え……？」

鳥飼が身を乗り出す。「それ、どういうことだ？」

「舌禍事件なんて、マスコミの取り上げ方次第ですからね。前後の文脈なんて無視して、一言の揚げ足を取るわけです。国民は、ころりとだまされる」

「たしかに……」

鳥飼がまたうなった。「スキャンダルに舌禍事件。政治家を葬《ほうむ》る常套《じょうとう》手段だな……」

「政治資金規正法違反という手もあるけれど、これはさすがに検察の手を借りなきゃならない。よほどの大物のときにしか、この手は使いません。検察に働きかけるのは、党としても危険がありますからね……。それに、檀の場合、比較的政治資金に関してはオープンなので、つつきようがないという面もあります」

鳩村は、すっかり驚いて言った。

「おまえが、そんなに政治家について詳しいとは思わなかったよ」

布施がにっとほほえんで言った。

「……と、まあ、夜の巷《ちまた》に行けば、そういう話が山ほど聞けるということです。政治部に言っても今のような話は無視されるかもしれません。彼らは、そういう話に慣れてしまって、えらく鈍感になっていますからね」

鳩村は、我に返って会議を進めることにした。今の布施の話は、どれだけ信憑性《しんぴょうせい》があるのかわからない。だが、檀のスキャンダルは取り上げないという鳩村の方針を後押ししてくれたことは確かだ。

「そういうわけで……」

鳩村は言った。「檀秀人のスキャンダルには触れない。いいですね？」

鳥飼がうなずいた。

「了解だ。政局のほうは、それでいいとして、二番目の殺人事件については、どうだ？布施ちゃんは、早い時点で現場に駆けつけていたんだろう？」

「通常の事件現場です。特に変わったことはありませんでしたよ」

「被害者の身元は？」

鳩村がこたえる。

「午前の記者発表で、明らかになりました。もうじき原稿が上がってくるはずです。『週刊リアル』などに記事を書いているライターだということです」

「『週刊リアル』……」

鳥飼がつぶやく。「けっこうえぐい雑誌じゃないか。暴力団の動向などを売り物にしている……」

恵理子が、考えながら言った。

「なんだかひっかかるわね……」

鳩村は、その表情が気になって尋ねた。

「何が気になるんだ？」

「今、布施ちゃんから、なまぐさい話を聞いたばかりだから、そう思うのかもしれないけど……。暴力団と週刊誌とライター……。何か、背後にありそうな気がしない？」

鳩村は、布施に尋ねた。

「そのへんで、何かつかんでいないのか？」

布施は、驚いたように言った。

「俺、たまたま現場の様子をケータイの動画に収めただけですよ」

鳥飼が言った。

「本当にたまたまなのか？　何か嗅《か》ぎつけて現場のそばにいたんじゃないのか？」

「俺、超能力者じゃないんですよ。どうやったら、これから起きる事件の現場がわかるんですか」

「布施ちゃんなら、そういうこともありそうな気がするよ」

「そういう能力があれば、いいんですけどね」

鳩村は、咳払《せきばら》いをしてから言った。

「この件に関しては、何も知らないんだな？」

「知りません」

「つまり、興味がないってこと？」

恵理子が尋ねると、布施は聞き返した。

「え、興味がない？」

「だって、もし興味があれば、すでに何か探っているはずでしょう」

「俺、そんなに仕事熱心じゃないですよ。昨夜は朝方まで飲んでいて、現場で撮った映像を局に持ち帰ったりしてたんで、今まで自宅で寝てたんですよ」

「わかったわ」

恵理子が言った。「本当に興味がなさそうね」

たしかに、布施の情報収集能力は、あなどれない。だが、それも恵理子が言うとおり、興味がある事柄に関してだけだ。

仕事にムラがあってはいけないと、鳩村は思う。それも、布施にいつも言って聞かせていることなのだが、いっこうに改まる様子がない。

布施は、涼しい顔をしている。

鳩村は、とにかく会議を進めることにした。地方からのV（映像素材）の確認などをして、ふと、布施を見ると、あらぬほうを見ている。

ぼんやりしているようにも見える。だが、こういうときの布施は、何かを考えているのだ。

何かに気づいたのかもしれない。

鳩村は、布施に期待している自分に気づいて、そんなことではいけないと、少しだけ反省した。

3

どうして、黒田は、担当でもない殺人事件に関心を持つのだろう。

谷口は、不思議でたまらなかった。午前中から、『週刊リアル』の編集部にやってきて、話を聞こうとしていた。

だが、結局、話を聞けたのは、午後になってからだった。午前中に編集部内にいたのは、アルバイトの女性だけだった。

午後二時頃からようやく編集者たちが出社してきて、殺害された片山佳彦と直接仕事をしていた編集者がやってきたのは、午後三時過ぎだった。

彼の名は、平井孝《ひらいたかし》。四十一歳だということだが、すっかり腹が出てしまっていた。

平井は、黒田の質問に対して、当たり障りのない返答しかしなかった。黒田は、殺害の動機について、何か心当たりがないかと、言い方を変えて何度か訊《き》いた。

そのたびに、平井は「わからない」「片山の私生活については、何も知らない」というような回答を繰り返した。

当然、暴力団との関わりなどについても質問したが、そのこたえは、「ニュースソースについては、明かすことはできない」というものだった。

それでも、黒田は諦めずに、片山が書いた記事をまとめて読みたいと申し入れた。平井は言った。

「ゲラのコピーをファイルしてあったんですけど、警察が持って行きましたよ」

彼は、何度も警察がやってきて質問されることに、苛立《いらだ》っている様子だった。

無理もないと、谷口は思った。すでに、捜査本部の担当者たちが聞き込みに来ているはずだ。

黒田は、平気な顔で、質問を続ける。彼がようやく引き上げることにしたのは、午後四時半頃のことだった。

警視庁本部に引き上げるものと思っていたら、黒田はその足で赤坂署の捜査本部に向かった。谷口は、ただ黙ってついて行くしかなかった。

なぜ、この事案に興味を持つのか。質問しても、どうせちゃんとこたえてはくれないだろう。

「なぜか気になるんだ」と黒田は言った。それで説明した気になっているに違いない。

谷口は、もっと合理的な説明をしてほしかった。でないと、やる気も出ない。

やる気がないと、同じことをやっていても、ひどく疲れるのだ。

捜査本部で、黒田は顔見知りの捜査一課の刑事を捕まえて、片山が書いた記事を読みたいと言った。

今捜査員が調べている最中だから、しばらく待てと言われ、午後六時過ぎまで待たされた。

黒田は、辛抱強く待っていた。

やがて、捜査員の一人が、五冊のファイルを持って近づいてきた。

「待たせたな」

彼は言った。「だが、なんであんたが、この事案を調べているんだ?」

黒田は、小さく肩をすくめて言った。

「ちょっと気になるんだ」

黒田が、テーブルの上に重ねて置かれたファイルに手を伸ばそうとすると、その捜査員は掌《てのひら》でファイルを押さえた。「待て」という意味だ。

「それは、継続捜査中の事案と関係があるということか?」

黒田は、凄《すご》みのある笑いを浮かべた。

「誰もそんなことは言ってないだろう」

「何が気になるのか教えてくれ。この記事ファイルを渡すのは、それからだ」

黒田の顔から笑いが消えた。

「何が気になるのか、俺にもわかっていない。だから、そいつを見つけるために、マル害が書いた記事を読みたいんだ」

「記事の中に手がかりがあるということか？」

「あんたらも、調べたんだろう？　何かわかったんじゃないのか？」

「記事はすべて読んだ。マル害は、極道には詳しかったようだな。マルBの情報提供者がいたに違いない」

マルBは、暴力団あるいは暴力団員を指す隠語だ。よくマル暴と混同されるが、マル暴というのは、暴力団担当の刑事のことだ。

黒田は、捜査本部の中を見回してから言った。

「人相の悪いのがいると思った。組対《そたい》の連中が来てるんだな……」

おそらく、暴力犯担当の組織犯罪対策第四課、通称、組対四課が来ているのだろう。かつては、捜査四課だったマル暴だ。

捜査員が言った。

「手口を見ても、マルBの可能性は高い」

刃物で刺されたための失血死だった。たしかに、ヤクザがよく使う九寸五分《くすんごぶ》の匕首《あいくち》が凶器である可能性は高いと、谷口は思った。

黒田が捜査員に言った。

「まさか、記事を読んで頭にきた暴力団が殺害した、なんて思ってないよな？」

捜査員の表情が曇る。

「そう思ってはいけない理由でもあるのか？」

「やばいことを書いたくらいで、消されたりはしないよ。だいたい、そんなことをしたら、誰が殺したかすぐにわかっちまうじゃないか」

「暴力団だぞ。それくらいのことはするだろう」

「暴力団だからこそ、割に合わない殺しはしないよ。もし、暴力団に消されたんだとしたら、マル害は、よほど怒らせるようなことをしたか、金のトラブルがあったんだ」

捜査員が黒田から眼《め》をそらして、組対の係員のほうをちらりと見た。

「そういうことは、彼らが調べてくれるだろう」

ようやくファイルの上の手をよけた。黒田が手を伸ばして、ファイルを引き寄せる。

それを、谷口に差し出すと、黒田は捜査員に言った。

「できるだけ早く返却するよ」

捜査員はかぶりを振った。

「持ち出しは厳禁だ。ここで読んでくれ」

黒田が何か言う前に、捜査員は足早に立ち去っていった。

そういうわけで、捜査本部内で、記事を読むことになった。平井は、ゲラのコピーと言っていた。校正刷りのことだ。ところどころ、修正した跡が残っている。

ファイルを持ってきた捜査員が言ったとおり、広域暴力団について、かなり詳しく書かれていた。

「いよいよ自分で乗り込んで来たか」

その言葉に、黒田と谷口は同時に顔を上げた。武藤がテーブルの脇に立っていた。

黒田はにこりともせずに言った。

「これを読み終わったら、さっさと消えるよ」

「おまえが、捜査本部に加わってくれると、大幅に戦力アップなんだけどな……」

武藤のこの言葉に、谷口は驚いた。

黒田の評価がこれほど高いとは思っていなかった。身近にいても、わからないことは多いものだ。

黒田は顔をしかめて、記事に眼を戻した。

「買いかぶってもらっちゃ困るな……」

武藤は、黒田の隣の席に腰を下ろした。

「組対の連中は、マルBの仕業だと決め込んでいるようだ」

「実行犯は、マルBかもしれないよ」

武藤が眉をひそめる。

「実行犯は？　気になる言い方だな。何か裏があるということか？」

「さあね……。まだわからないよ。夜の捜査会議は何時からだ？　それまでに、こいつを読んじまいたいんだがな……」

武藤は、じっと黒田を見つめてから言った。

「上がりの時間が二十時だ。それからすぐに会議が始まるだろう」

黒田は時計を見た。

「あと一時間しかないな。それまでに、全部読み終えたいんだ」

武藤は小さく溜《た》め息《いき》をついた。

「わかったよ」

彼は、立ち上がり、離れていった。

黒田は、真剣に記事を読み進めている。谷口も、集中することにした。

午後八時が近くなると、捜査本部内が賑《にぎ》やかになってきた。聞き込みに出ていた捜査員たちが戻って来たのだ。

何人もの捜査員が、黒田に声をかけてきた。黒田は、そのたびに生返事をした。谷口はすでに分担している記事を読み終えていた。黒田がすべてを読み終えたのは、八時五分前だった。

黒田は、谷口に言った。

「行くぞ」

黒田は、誰にも挨拶せずに、さっさと捜査本部をあとにした。記者たちが、出入り口付近に溜まっていたが、黒田には誰も声をかけてこなかった。

黒田は、警視庁本部に向かっているようだった。やれやれ、まだ帰れないのか……。

谷口は、心の中でぼやいていた。

やっていることの意味がわからないから、徒労感が募《つの》る。

本部庁舎に戻ると、黒田は谷口に言った。

「めぼしい記事はあったか？」

「どれもこれも、似たような記事でしたね。暴力団情報です。その筋のマニアには受けるでしょうが……」

「茂里下組《もりしたぐみ》の組長、茂里下常蔵《つねぞう》を狙ったヒットマンの記事があった」

谷口は、そう言われてもぴんとこなかった。

「茂里下組ですか……」

黒田は、机の上に積まれた書類の中から、ファイルを一つ探し出して谷口の机に放った。谷口は、それを開いた。木田昇《きだのぼる》という二十五歳の男が殺害された事案の書類だった。

三ヵ月ほど前の事件だった。

すでに捜査本部は解散し、継続捜査の事案として、特命捜査対策室に回ってきたのだ。

「木田昇……？　この事案と片山の記事が何か関係があるのですか？」

「おまえ、ちゃんと仕事してるのか？」

「してるつもりですけど……」

「この事案のことが、頭に入っていないのか？　それじゃ、仕事をしていることにならない」

こういうときは、とりあえず謝っておくに限る。

「すいません」

「書類をちゃんと読んでみろ」

「はい……」

谷口は、慌てて書類を読み進めた。

木田昇は、関西の組織の三次団体の構成員だった。その団体は、関東の茂里下組と対立しており、木田は、茂里下常蔵組長の殺害を試みたことがある。いわゆるヒットマンだった。

その殺害計画は失敗に終わり、木田は警察に逮捕された。殺人未遂の現行犯だ。

木田は五年の刑期を終えて出所してすぐに、殺害されたのだった。

「木田昇は、茂里下常蔵殺害を目論《もくろ》んだヒットマンだったということですね？」

「抗争事件ということで、茂里下組の犯行と思われていたが、証拠が出なかった。実行犯も特定できなかった。そういうわけで、現在も捜査中だ。この事案ではな、一つの謎があったんだ」

「謎？」

「木田昇は、当然茂里下組に狙われるから、その所在は、厳しく秘匿《ひとく》されていた。いくら暴力団の情報網が優秀だといっても、おいそれと発見されるはずはなかった。だが、木田は殺された。誰かが、木田を茂里下組に売った可能性がある」

「居場所を教えたということですか？」

「警察官が情報を洩《も》らしたのではないかという見方さえあった。殺害された片山は、茂里下組組長暗殺計画の顚末《てんまつ》について、えらく詳しく記事にしている。当事者しかわからないような記述もある」

「つまり、片山は、木田に会って話を聞いていた可能性があると……」

「これは、あくまで仮定の話だが、木田の居場所を教えることで、茂里下組からも詳しい話を聞くことができたと考えることもできる」

谷口は、すっかり驚いていた。

「あの……。片山の事件が起きたときに、すぐに木田の事案を思い出したのですか？」

黒田は、ふんと鼻で笑った。

「そんなわけないだろう。俺は、超能力者じゃないんだ。だが、何かひっかかるものがあった。ただ、それだけだ」

「それって、充分に超能力っぽいと思いますけど……」

「扱っている事案のことを、いつも真剣に考えていれば、勘が働くこともある」

自分は、黒田ほど真剣に考えていなかったということだ。たしかに、ちゃんと仕事をしていないと言われても仕方がない。

特命捜査対策室で扱うのは、重要事件ばかりだが、未解決事案の継続捜査というのは、どうしても緊張感を保てない。マスコミは、新しい事件ばかり報道するし、そうなれば世間の関心もそちらに集中する。

一般大衆は、おそろしく忘れっぽいのだ。注目度が高ければ、担当者にも力が入る。だが、継続捜査の場合、警視庁内でもあまり注目されることはない。

だから、どうしても仕事がなおざりになりがちだ。事実、谷口は木田の事案を記憶していなかった。

だが、黒田は違った。なぜ、これほど関心を持ち続けることができるのだろう。もし、初動捜査から自分が関わっている事件なら、きっと関心を維持できるだろう。

よくドラマなどでは、一つの事件を何年も追い続ける刑事が出てくる。実際には異動も多いので、そんなことはあり得ないのだが、もし実際にそういうことがあったとしても、その気持ちはわからないではない。

端緒に触れた事案は、忘れられないものだ。だが、今の職場では、誰かが調べ尽くしたものが回ってくるだけだ。谷口は、それを生きた事件ととらえることができずにいる。ただの書類の蓄積に過ぎないような気がして仕方がないのだ。

だが、黒田は違う。彼は、書類の中から常に何かを見つけようとしている。その姿には、執念を感じる。

警察官としての資質の違いだろうか。谷口は、そんなことすら思ってしまう。

黒田が言った。

「今日のうちに、木田の件について、洗い直しておこう」

事案の記録は、今読んだファイル一つだけではない。膨大な資料が添付されている。それを漁《あさ》るのだ。

時計を見ると、午後九時を過ぎている。今日も夜遅くまで警視庁本部に残ることになる。黒田は、思いついたらその日のうちに片づけないと気が済まないタイプだ。

「今日はこれくらいにして、あとは明日にしよう」

谷口は、いつもそういう言葉を期待しているのだが、聞いたことがない。

夕食もまだ食べていない。黒田は、仕事に集中すると、食事のことも忘れてしまうようだ。

文句を言うわけにもいかない。谷口は、資料を取りに行き、黒田と二人で読みはじめた。事案のことを失念していたのは、間違いなく谷口の落ち度だ。今から、詳細を頭に叩《たた》き込むしかない。

谷口は、メモを取りながら、資料を読み進めた。

午後十一時になり、黒田が席を立った。テレビに近づいていく。一休みする気になったのだろうか。

谷口も、伸びをしてテレビの前に行った。黒田は、立ったままテレビの画面を見つめていた。

「『ニュースイレブン』ですね」

谷口が言った。

「ああ……」

黒田は腕組みをして、こたえた。「この番組は油断ができないんでな……」

たしかに、この番組は何度もスクープ映像を流している。黒田は、『ニュースイレブン』を担当している布施という記者のことが気になっているようだ。

タイトルに続いて、二人のキャスターが今日のニュースを報じる。トップは政局だった。もう、マンネリといっていい、内閣支持率の低迷の話題。首相は内閣改造を臭わせているのだが、党内の調整も進んでいないということだ。

「続いて、今日未明の殺人事件です」

メインキャスターの鳥飼行雄が言った。檜町公園の事件だ。続いて、女性キャスターの香山恵理子が言う。

「これからご覧いただく映像は、遺体が発見された直後の、生々しい現場の模様です」

地域課の制服を着た係員たちが、ブルーシートを張り巡らすところが映っていた。機捜や所轄の捜査員、鑑識係員の姿も映っている。

黒田がかすかにうなった。谷口も驚いていた。このタイミングで映像を入手するなど、普通では考えられない。

映像の質はよくない。おそらく、携帯電話か何かで動画を撮影したのではないかと、谷口は思った。

三十秒ほどの短い映像だが、インパクトは充分だった。

香山恵理子が言う。

「この映像は、現場近くに居合わせた当番組の記者が、携帯電話のカメラに収めたものです」

それから、彼女は、事件のあらましを説明した。その内容自体は、警察の発表をもとにしているので、他局と変わらないだろう。だが、先ほどの映像があるので、強く視聴者の印象に残ったはずだ。

黒田が、腕を組んだまま言った。

「腹が減ったな」

谷口は、思わず黒田の横顔を見た。

「ええ、夕食、まだですからね……」

「じゃあ、飯でも食いに行くか」

黒田が言い出すことは、いつも唐突だ。ともあれ、ようやく今日の仕事が終わるようだ。谷口は、ほっとしていた。

4

番組が始まってしまえば、鳩村のやることはほとんどない。

作品の仕上がりを眺める絵描き、いや、芝居の上演を見つめる演出家のような気分で、オンエアを眺めていた。

大テーブルにある電話が鳴り、バイトが出た。

「デスクにです」

自分の机で電話を受けた。

「はい、鳩村」

「油井だ」

報道局長だ。鳩村は、思わず背筋を伸ばしていた。

「あ、局長……」

「いい絵を撮ってきたじゃないか」

「は……？」

「檜町公園の件だ。目立たないが、間違いなくスクープ映像だぞ。一瞬、やらせかと思ったくらいだ」

「布施が、たまたま近くで飲んでいたらしくて……」

「やっぱり布施か？　そこにいるのか？　いるなら、代わってくれ」

そう言われて、布施の姿を探した。フロアのどこにも布施の姿はなかった。副調室《サブ》にいるとも思えない。

やつは、また姿を消したのだ。

「出ているようです」

「まあ、記者が局内でくすぶっているようじゃ、仕事にならないからな」

「はあ……」

「よくやった。そう伝えておいてくれ」

「わかりました」

電話が切れた。油井局長はご機嫌だ。これでまた布施の株が上がるかもしれない。鳩村は複雑な気分だった。

自分の班の記者がほめられるのはうれしい。だが、報道の命はスクープだけではない。それに眼《め》を奪われていると、本質が見えなくなる。

そのことを、布施にちゃんと話しておかなければならない。それが、デスクである自分の役目だと、鳩村は思った。

黒田が向かったのは、平河町《ひらかわちょう》にある『かめ吉《きち》』という居酒屋だった。警視庁から歩いて十五分ほどの場所にある。店は広く、席の数も多い。

近くにあるし、値段が手頃で料理の量が多い。それに、警察官はツケが利くので、利用者が多い。この店にやってくるのは、警察官ばかりではない。刑事のいるところには、必ず記者の姿がある。

「夜回り」と称して、酒を飲んでいる刑事から情報を聞き出そうとするのだ。当然、刑事は迷惑そうに、記者を追い払おうとする。だが、記者も慣れたもので、けっこう話し込んでいる姿も見かけられる。

本当に迷惑なら、こんなところに飲みに来なければいいのだと、谷口は思う。どうせ飲みに行くなら、渋谷あたりがいい。もっと近場なら、赤坂でもいい。そこまで足を延ばせば、けっこうしゃれた店があるのだ。

だが、刑事たちはこういう店に集まる。彼らは、記者にまとわりつかれるのが、まんざらではないのかもしれない。谷口は、まるで他人事《ひとごと》のように、そんなことを考えていた。

黒田が、この店にやってきたということは、まだ仕事が終わっていないことを意味している。そう思って、ちょっと暗い気分になった。

黒田は、カウンターではなく、奥のテーブル席に陣取った。彼は、ちらりとカウンターのほうを見た。

なるほど、黒田のお目当ては、TBNの布施だったのか。谷口は、溜《た》め息《いき》をつきたくなった。

おそらく檜町公園の件で、何かを聞き出そうと目論《もくろ》んでいるのだろう。布施のほうは、黒田のことなど気にしない様子で、淡々と飲んでいる。

二人がビールを注文し終えたとき、さっそく記者が一人やってきた。背が低く小太りのまだ若い記者だ。東都新聞社会部の持田豊《もちだゆたか》だ。

「黒田さん、ちょっといいですか？」

とたんに、黒田の機嫌が悪くなった。

「だめだ」

持田は、にやにやと笑いながら言う。

「そんなこと言わないで、ちょっとだけですよ」

持田は、自分のビールのジョッキを持って黒田の隣の席に腰を下ろした。

「誰が座っていいと言った？」

持田は、それでもひるまない。

「黒田さんが、ここに来るのは、必ず何かネタをつかんだときなんだから……」

黒田は、運ばれてきたビールをむっつりとしたまま一口飲んだ。

持田が声を落として話しかける。

「檜町公園の事件ですけどね、あれ、やっぱり暴力団がらみですかね？」

谷口は、ちょっと驚いた。持田は見るからに気のきかないタイプだが、黒田がその事案を気にかけていることに気がついたのだとしたら、あなどれないと思った。

黒田は、顔をしかめた。

「その件なら、殺人犯係かマル暴に訊《き》けばいいだろう。俺は、関係ない」

「そうですか……」

持田は、あからさまにがっかりした様子になった。

なんだ、当てずっぽうだったのか。谷口も肩すかしを食らったような気分になった。

さらに、持田が言う。

「あの事件て、もしかしたら茂里下組が関係してるんじゃないですかね？」

谷口は、思わず反応しそうになった。黒田が、一瞬だが厳しい眼を向けてきた。それで、なんとか素知らぬふりをすることができた。記者はカマをかけてくる。それに引っかかるわけにはいかない。

黒田が、またビールを一口飲んでから、いかにも面倒臭げな様子で言った。

「なんだ、それ。茂里下組って、何のことだ？」

「まあた、とぼけて……。黒田さんが知らないはずはないでしょう？」

「ふん、知らないな……」

黒田は、そっぽを向く。その視線の先には布施がいる。持田は、それに気づかない様子だ。

「組長の暗殺未遂。そのヒットマンが、出所後殺害された事件がありましたね。三ヵ月ほど前の事件です。あれ、継続捜査になったから、黒田さんが担当しているんじゃないですか？」

「知らないと言ってるだろう。特命捜査対策室には、大勢の捜査員がいるんだよ。俺がすべての継続捜査をやるわけじゃない」

「まあ、そりゃそうですけどね……。黒田さんが、『かめ吉』に顔を出したタイミングから考えて、そうじゃないかなあと思ったんですが……」

黒田は、カウンターのほうを見たまま、いかにも関心がないという態度で言った。

「檜町公園の被害者は、週刊誌のライターだってな？　それが、どうして茂里下組とつながるんだ？」

「殺された片山佳彦ってのは、ライターといってもかなり特殊な分野の仕事をしてたんですよ。『週刊リアル』って知ってるでしょう？　あそこで書いていたんです。極道記事専門ですよ」

「極道なら、茂里下組だけじゃなくて、いくらでもいるじゃないか」

「片山佳彦は、茂里下組に、独自のルートを持っていたらしいんですよ」

黒田は、徹底的に無関心を装っていた。

「どこからそんな話を聞いてきたんだ？　マル暴の誰かがそんなことを言ってたのか？」

「ネタもとは明かせませんよ。でも、刑事さんじゃないですよ。まあ、蛇《じゃ》の道は蛇《へび》ってやつでね……」

「言ってることがよくわからないな。俺にそういう話をしても無駄だと言ってるだろう」

持田は、肩をすくめて言った。

「そうかあ……。僕、なんかぴんときた気がしたんですけどね……」

「当てが外れたな。他を当たってくれ」

黒田は、この店の人気メニューのあら煮や韮《にら》の卵とじ、焼き鳥などをどんどん注文した。やれやれ、ようやく食い物にありつける。谷口はそんなことを考えていた。

「ところで……」

黒田は、持田に言った。「布施とは話をしたか？」

「布施ちゃん？　いつも話をしてますけど？」

「そうじゃなくて、今日は話をしたかと訊いてるんだ」

「今日ですか？　まあ、挨拶くらいは交わしましたが……。何でです？」

「『ニュースイレブン』の映像、見てないのか？」

「この店にいましたからね。見てませんよ。何です、映像って？」

「いや、見てないなら、別にいいんだ」

「また布施ちゃんがスクープやったってことですか？」

「たぶんな……」

「それって、檜町公園の件ですね？」

「かもな……」

「へえ……。そのことで、訊きたいことがあるんですか？」

「別に訊きたいことなんてないよ」

料理が運ばれてきて、黒田はばくばくと食べはじめた。谷口も負けじと箸を運んだ。

持田が言った。

「呼んで来ましょうか？　布施ちゃん」

黒田が顔をしかめる。

「別にいいって言ってるだろう」

「そうですか」

そのとき、布施が立ち上がるのが見えた。帰るのかもしれない。黒田もそれに気づいたようだ。彼は、持田に言った。

「そうだな……。ちょっと気が変わった。呼んで来てくれ」

持田は、席を立ち、布施のところに行った。谷口は、黒田に言った。

「本当は、布施さんと話がしたかったんでしょう?」

「まあな……」

「だったら、こんなところに来て相手の出方を待っていないで、電話をかけりゃいいのに……」

「こっちから電話したりしたら、弱みを見せることになるんだ」

「はあ……」

みんな、どうして腹の探り合いが好きなのだろう。訊きたいことがあれば、直接尋ねれば済むことだと、谷口は思ってしまう。

単純明快なのが一番いい。だが、日本の社会は、単純なだけではやっていけないのかもしれない。

持田が布施を連れて戻って来た。黒田が、持田に言った。

「あんたは、もういい」

持田は、目を丸くした。

「それ、どういうことです？」

「言ったとおりの意味だ。ご苦労だったな」

布施が、そのやり取りに気づきもしないような態度で、今まで持田が座っていた席に腰を下ろした。

持田は、どうしていいかわからない様子でしばらく立っていた。黒田は、持田のほうを見ない。

持田の顔が赤いのは、酒のせいばかりではなさそうだ。やがて、彼は、何も言わずに立ち去った。

布施が言った。

「ああ見えて、持田はプライドが高いんですよ」

「ふん」

黒田が言う。「大新聞社のエリート意識なんて、くだらない。所詮ブンヤだ。その自覚がない記者はダメだよ」

「そんな話をするために、俺を呼んだんですか？」

「今日もスクープ映像を流したな。あれ、あんたが撮影したんだろう？」

「ええ、運がよかったんですよ」

「運だって？　それは信じられないな。何かつかんで、内偵をしていたんじゃないのか？」

　布施は、驚いた表情になった。

「何を内偵するって言うんです？」

「だから、それをこっちが訊いているんだよ」

「本当に、偶然ですよ。ミッドタウンの近くのバーで飲んでいたんです。そうしたらサイレンが聞こえたんで……」

「たまたまそのバーで飲んでいたってのか？」

「そうですよ」

　布施はあっけらかんとした顔で言う。

　どうやら、本当のことらしいと、谷口は思った。何かを内偵していたというのは、黒田の考え過ぎではないだろうか。

　もし、そうだとしたら、布施は事件を目撃したかもしれないのだ。さらに言えば、事件を防げたかもしれないのに、それをしなかったということになる。

「本当に、あの件については、事前に何も知らなかったんだな？」

「本当に偶然なんです」

　黒田は、うなずいて、あら煮をつついた。

「ならいいんだ」

「話は終わりですか？」

「ああ、終わりだ」

「じゃ、失礼しますよ」

持田と違って、こちらはまったく欲がない。布施が立ち上がろうとしたとき、黒田が言った。

「俺と持田が何を話していたのか、気にならないのか？」

「気になりませんね。新聞記者とテレビの記者は、立場が違いますから……」

そう言いながら、布施はまた腰を下ろした。黒田は、それに満足したような顔になり、言った。

「それで、檜町公園の件は、どういうふうに考えているんだ？」

「どういうふうにって……。週刊誌のライターが、刃物で刺されて死んだ。ただそれだけですよ。俺は、警察が犯人を逮捕したら、また報道する。それが仕事です」

黒田は、しばらく考えてから言った。

「持田は、茂里下組がからんでいるんじゃないかと言っていた」

「さすが新聞記者ですね。背後関係をいろいろと洗いますね」

「テレビの記者だって、同じじゃないのか？」

「俺たち、映像がなければ何にもできないんですよ」

黒田は、しばらく布施を見据えていた。やがて、彼は言った。

「新聞記者なら、非公式に話を聞いたことでも、文章にはできる。だが、テレビだと、証言者を画面に引っ張り出さなきゃならない。そういうことか？」

布施は、肩をすくめた。

「ええ。どんなにモザイクかけて、音声を変えても、身近な人たちには人物が特定できてしまいますから……。身の危険を感じている人は、決してテレビには出てくれません」

「つまり、この件はけっこうきな臭い。あんたは、そう言いたいんだな？」

布施は、あきれたような表情になった。

「どうしてそういうことになっちゃうんです？　俺は、そんなこと、一言も言ってませんよ。あくまでも、一般論ですよ」

「あんたは、一度席を立ちかけたが、今はこうして腰を据えている。俺の話に興味を持ったという証拠だろう」

「もう一杯飲みたくなっただけです」

そう言って、布施は生ビールを注文した。

この人の真意はまったく読めない。谷口は思った。それなりに刑事としての経験は踏んでいる。一般の人よりも、他人の心の動きを捉えることには長《た》けているという自負がある。

持田の気持ちは手に取るようにわかった。だが、布施が何を考えているかは、まったくわからなかった。

何を言ってもまったく手ごたえがない。暖簾《のれん》に腕押しというやつだ。こんな記者は、これまで見たことがない。黒田でなくても、興味を引かれるのはたしかだ。

黒田もビールのお代わりを頼んだ。ふと、谷口は背後に人の気配を感じて振り返った。

見知らぬ男が脇に立っていた。

年齢は三十代半ばくらいか。髪を短めに刈っており、それがぴったりと頭に張り付いているように見える。帽子をかぶっていたのかもしれないと、谷口は思った。

ツイードのジャケットを着て、ジーパンをはいている。ぎょろりとした挑戦的な眼が印象的だ。

黒田と布施もその男に気づいた。無言で彼を見つめる。

その男が言った。

「失礼、布施さんだね？」

布施はまったく緊張した様子もなくこたえた。

「そうだけど？」

「『ニュースイレブン』で流れた、犯行現場の映像、あんたが撮ったって聞いたんだけど……」

口のきき方、もっと何とかならないのか。初対面だろう。谷口は、そう思った。彼は、礼儀だけは心得ているつもりだ。

布施は、そんなことは気にした様子もなく、こたえた。

「犯行現場の映像って、檜町公園の件？」

「そう」

「誰がそんなことを言ったの？」

「東都新聞の持田だよ」

持田は、黒田から聞いたばかりの話を、この男に伝えたことになる。だいじょうぶか、あの記者。口が軽過ぎやしないか。谷口は、心の中でつぶやいていた。

布施がこたえた。

「それがどうかした？」

初対面の相手に対する布施の態度も、ほめられたものではないと、谷口は思った。

「話を聞きたいんだよ」

「ええと……。俺、あんたのこと、知らないんだけど……」

「藍本祐一《あいもとゆういち》っていうんだ。藍色の藍に日本の本。しめすへんに右に数字の一……。『週刊リアル』なんかで、ライターをやっている」

「へえ、『週刊リアル』……？」

「そう。殺された片山さんは、自分の先輩だ」

「それで、何が聞きたいの？」

藍本は、黒田と谷口のほうを見た。それから、布施に言った。

「できれば、二人きりで話がしたい」

「うーん、どうしようかなあ」

布施は、煮え切らない態度で、目の前のジョッキを見つめた。「俺、これ一杯飲んだら帰るつもりだったんだけどな……」

「時間は取らせない」

布施は、うなずいた。

「いいよ。ちょっとだけなら……」

「店を出よう」

布施は、残っていたビールを飲み干してから立ち上がった。勘定を済ませて、藍本と二人で『かめ吉』を出て行った。

二人の後ろ姿をじっと見つめていた黒田が、谷口に言った。

「藍本祐一か……。ちょっと、洗ってみろ」

「は……？」

「何か知ってるかもしれない。必要があれば、マークしろ」

黒田が本気になった。それが伝わってきた。谷口も、そのときになって初めて、生々しい事件の肌触りを感じた。

5

鳩村は、朝のニュースを見て、口をぽかんと開けたまま、身動きを止めていた。手に持ったマグカップが空中で静止している。

その様子を見た妻が、不審そうに言った。

「どうかしたの?」

鳩村は、こたえずに、画面を見つめたままだった。

妻がさらに訊《き》いてくる。

「ねえ、どうしたのよ」

「布施が言ったとおりになった……」

「布施……? 布施さんて、番組担当の記者の……?」

鳩村は、ようやく画面から眼《め》をそらした。

「そうだ」

彼はこたえた。「『ニュースイレブン』専属の記者だ」

「言ったとおりになったって、どういうこと？」

「布施は、昨日の会議でこう言ったんだ。今に、檀秀人が、舌禍《ぜっか》事件を起こすってね。そのとおりになった……」

「ああ、地元の後援者を集めたパーティーの二次会でのことね。『原発の再稼働をどんどん議論したらいい』なんて言ったようね。あの人、もともと反原発だったのに」

「反原発論者が、『再稼働をどんどん議論したらいい』なんて言ったら、批判が集中するのは目に見えている。ただでさえ、檀秀人は、スキャンダルの渦中にあるんだ」

妻は、関心なさそうに言った。

「どこの局も横並びみたいよ。ＴＢＮでも報道してたわよ」

「布施の言うことに、もっと真剣に耳を傾けていれば、またスクープを狙えたかもしれない」

「だって、昨日のオンエアには、どう考えたって間に合わないタイミングでしょう？　ニュースによると、その二次会が開かれたのは、午後九時過ぎで、問題の発言があったのは、十時を過ぎた頃だということよ」

たしかに妻の言うとおりだ。だが、一度針にかかった大きな魚を取り逃がしたような気がして、悔しかった。

鳩村は、布施に電話してみようかと思った。時計を見ると、まだ朝の九時だった。おそらく、ぐっすり寝ている時刻だ。

そのとき、携帯電話が振動したので驚いた。布施からかもしれないと、着信の表示を見たらキャスターの鳥飼だった。

「鳥飼さん、珍しいですね、電話をくれるなんて……。というか、こんな時刻に起きているんですか？」

「年を取ると、だんだん早起きになるんだ。昔は、番組が終わると、そのまま飲みに行って、朝まで飲んで、昼過ぎまで寝ていたもんだがね……。俺もおとなしくなった」

「いつまでも無茶してちゃ、体が持ちませんよ」

「最近は、早寝早起き。だから、つい朝の番組も見ちゃう。それでテレビのニュース見たら、驚いたね。布施ちゃんの言ったとおりになったじゃないか。それも、昨日の今日だ」

「実は、私も驚いていたんですよ。それと同時に悔しい思いをしていました。もし、布施の言うことをちゃんと聞いていたら、と思いましてね……」

「そいつは、無理だよ、デスク」

「なぜです？」

「布施ちゃんは、いつ舌禍事件が起きてもおかしくない状況だということを言ったのであって、いつ、どこで起きるかと、予言したわけじゃないんだ。それは、誰にもわからなかったはずだ」

「そうでしょうか……？」

「どういうことだ？」

「布施によると、檀秀人のネガティブキャンペーンを張っていた勢力は、虎視眈々《こしたんたん》と舌禍事件のチャンスを狙っていたわけでしょう？　だったら、いつそのチャンスが訪れるか、だいたい見当がついたんじゃないですか？」

「昨日の地元の後援者を集めたパーティーや、その二次会は、格好の標的だったということか？」

「これまで、政治家の舌禍事件は、気が緩む地元で多く起きていますから……」

「TBNだって、政治部か何かの記者が行ってたんじゃないのか？」

「いや、系列局の記者だけですね。そこから吸い上げた映像を、ニュースで流しただけのようです。キー局は、各社横並びだということですから……」

「電話したのはだな、この舌禍事件をどう扱うか、を話し合いたかったんだ。昨日、デスクは、檀秀人のスキャンダルは、『ニュースイレブン』では扱わないと言っただろう」

「それは、確証のないスキャンダルは、取り上げるべきではないという意味です。今回の発言については、微妙ですね。彼の政治的な方針の一つであった脱原発・反原発とは、決して相容《あいい》れない発言ですからね」

「俺の独自の情報だと、現場では、もっとすごいことを言ったそうだ」

「もっとすごいこと……？」

「脱原発、反原発ったって、おまんまが食えなきゃ何の意味もない……。そう言ったらしいぞ」

「おまんまが食えない……。つまり、原発に関わる国の交付金ということですか？」

「そうだ。その交付金がなければ立ちゆかない地域だってあるわけだ」

「しかし、それを檀秀人が認めるとは思えませんね。そういう構造自体を変えようというのが、彼の主張だったはずです」

「立場は人を変える。いつまでも、理想ばかりを追ってはいられないということなんだろうか」

「それで、鳥飼さんは取り上げたいんですか？」

「他局は、大喜びで飛びつくだろうからね」

「私はあれこれ言える立場じゃないですよ。今日のオンエアは、私の当番じゃないですし……」

「そう。今日のデスクの意見はもちろん聞くよ。鳩村デスクの意見も聞いておきたいんだ。それで、最終的には俺が判断するよ。それでいいだろう？」

「ええ、そういうことならば……」

「それで、ずばり訊くが、鳩村デスクは、今回の舌禍事件のことを、『ニュースイレブン』で取り上げるべきだと思うか？」

鳩村は、しばらく考えなければならなかった。軽はずみなことは言えない。だが、ここではっきりした方針を示してやらないと、鳥飼が迷うことになる。

「私の方針は変わりません。政治家のスキャンダルは、極力扱わない。だから、今回の舌禍事件に関しても、触れないほうがいいと思います」

「布施ちゃんの話もあるしな……。彼の話を聞いて、俺も政治家の話題には慎重になったよ。この舌禍事件がネガティブキャンペーンの一環だということを知らなければ、俺も番組で取り上げようとしたかもしれない」

また、布施か……。

そう思ったが、鳥飼の言うとおりだった。間違いなく、布施は檀秀人の舌禍事件を予想していた。

「あとは、今日のデスクと相談してください」

鳩村は言った。

「わかった。そうする」

電話が切れた。

鳩村は、再び時計を見た。九時十分になろうとしていた。思い切って、布施に電話してみようと思った。出なかったら、それまでだ。

呼び出し音がする。なぜか、ひやひやしていた。上司にこんな思いをさせるやつは、おそらく日本中で布施だけではないだろうか。そんなことを思っていた。

「はい、布施です。デスクですか?」

声が聞こえてきて、驚いた。

「起きてたのか……」

「起きてると思ったから、電話したんでしょう?」

「起きていればいいなと思ったんだ。檀秀人の舌禍事件については、知っているな?」

「朝から、各局は鬼の首を取ったような勢いですね」

「おまえは、これを予想していたんだな?」

「いつかは、何かでこうした事件が起きると思っていました」

「今、鳥飼さんから電話があった。今夜、この問題を取り上げるかどうか、俺の意見を聞きたいと言ってきた」

「それで、何とこたえたんですか?」

「俺の方針は変わらない。檀秀人のスキャンダルは扱わない」

「それで正解だと思います」

「檀秀人は、一貫して脱原発・反原発だったはずだ。どうして、あんな発言をしたんだろう……」

「脱原発・反原発については、今も変わってませんよ」

「だが、実際にああいう発言をしている」

「だから、言ったでしょう？　文脈を無視して、揚げ足取りができる言葉だけを抜き出したんですよ」

「文脈を無視した？　どういうことだ？」

「今朝から、檀秀人が、『再稼働をどんどん議論したらいい』と言ったことが、各局で取り上げられていますが、実は、その前に、『国民の多くと、この私を敵に回す覚悟があるなら』という言葉があったんです」

鳩村は、その二つのフレーズをつなげて、心の中でつぶやいてみた。

「まったく逆の意味じゃないか」

「そう。編集のマジックですね。写真のトリミングと同じことです。どんなに発言に注意したところで、作為的に編集されるのですから、気をつけようがありませんよ」

「鳥飼さんが言っていた。檀秀人は、『脱原発、反原発ったって、おまんまが食えなきゃ何の意味もない』って言ったそうだな？」

「その部分を正確に言うと、こうです。『脱原発、反原発ったって、おまんまが食えなきゃ何の意味もない。だからこそ、代替エネルギーで新たな雇用を確保する具体的な提案を、私はしていくのです』」

「俺も報道にいるから、政治家の舌禍事件のかなりの部分がでっち上げだという認識はあった。だが、これほど露骨な例は、記憶にないな……」

「マスコミがその気になれば、国会議員の一人や二人、葬《ほうむ》れると、本気で思っているやつがいるんですよ」

「それは、マスコミの中に、ということか？」

「マスコミの中にも、そして、マスコミを利用しようとする人々の中にも……」

「おまえは、どこから檀秀人のスピーチの内容を入手したんだ？」

「系列局のやつが、音声データを送ってくれたんです」

「いつのことだ？」

「最初のニュースが流れてからですから、二時間ほど前のことですかね……」

「おまえはいったい、いつ寝てるんだ？」

「これから寝ますよ。だから、もう電話は勘弁してください」

「ちょっと待て。会場にいたマスコミの連中は、そのスピーチを聞いていたんだろう？　どうしてこんな無茶な報道が認められるんだ？」

「無茶な報道？　誰もそんなことは思わないんじゃないですか？　その手があったかと思うだけですよ」

あくびが聞こえる。「じゃあ、寝ますんで……」

「その音源を、局に送っておいてくれないか?」

「どうするつもりですか?」

「間違った報道を正すことができるかもしれない」

「やめといたほうがいいですよ」

「なぜだ?」

「何に戦いを挑むつもりかわかってるんですか?」

そう訊かれて、鳩村はうろたえた。檀秀人に対するネガティブキャンペーンを張っているのは、何者なのか。漠然と、宮崎大樹を中心とした、保守系野党に関係する者たちであることはわかる。

だが、それが正確には、誰を巻き込んでいて、その影響力がどの程度まで及んでいるかは不明だ。

布施は、どんなしっぺ返しに遭うかわからないと警告しているのだ。

「おまえは知っているのか?」

「知りませんよ」

「だけど、妙に檀秀人のことに詳しいじゃないか」

「いや、そうでもないと思いますよ。俺より詳しい人はたくさんいますからね」

また、あくびが聞こえる。そろそろ解放してやらないとかわいそうだと、鳩村は思った。

「明日の十八時の会議には、遅れるな」

「デスク、明日は土曜で休みですよ」

そうだった。曜日の感覚がなくなっている。『ニュースイレブン』は、月曜日から金曜日までのレギュラー番組だ。

「月曜日の十八時の会議という意味だよ」

「はい、わかりました」

返事だけはいいのだが……。そんなことを思いながら、鳩村は電話を切った。

考え事をしていると、妻がどこかに出かけると言っていた。生返事をして送り出す。

この舌禍事件が、どの程度大きな問題になるかはわからない。布施は、それほど気にしていない様子だった。

もっとも、彼はどんなことも気にしないように見える。

長い付き合いなので、鳩村には彼がまったく関心を示さないときと、関心を持ちながらそのそぶりを見せないときの違いが、なんとなくわかるようになってきた。

今回の舌禍事件に関しては、本当に関心がない様子だ。しかし、檀秀人の周辺情報に、やけに詳しいのも事実だ。

彼は、今、何を追っているのだろう。檜町公園の事件現場の映像をスクープしたのは、本当に偶然だろうか。結局、考えても何もわからないということがわかっただけだった。

鳩村は、鳥飼に電話をした。

「どうした、デスク？」

「今、布施と話をしました」

「ほう……。それで？」

鳩村は、布施が入手していた檀秀人の、本来のスピーチの内容を伝えた。鳥飼は、うなった。

「了解した。俺は、今回の舌禍事件については触れないことにするよ。……というか、そのスピーチの内容を全部流して、国民に本当のことを知らせる義務があるんじゃないのか？」

「私もそう思って、布施に音声データを送ってくれと言いました。そうしたら、こう言われました。何に戦いを挑むつもりかわかってるんですか、と……」

「何に戦いを挑むか……？　それは、どういう意味なのだろうな……」

「敵が何者でどれくらいの勢力なのか、知らなければ戦いようがないということでしょう。檀秀人を政治的に抹殺しようとする勢力といえば、保守系の最大野党だとすぐ察しがつきますが、では、その党の中の誰なのかと言われると、正確にこたえることはできません。党ぐるみで檀をつぶそうとしているなどということは考えられませんからね」

「布施ちゃんの話からすると、同じ選挙区の宮崎大樹あたりが中心人物と考えられるけど、確たる証拠があるわけじゃないしな……」

「そうなんです。私も布施に言われて気づいたんですが、こうしたネガティブキャンペーンは、主体がわからないので、抵抗のしようがないんです」

「檀秀人は、じっと黙っているしかないということか？」

「その辺のことは、私たちにはわかりません。政治部の記者に訊けば、何かわかるかもしれませんが……」

「とにかく、知らせてくれて助かった。俺は、ネガティブキャンペーンの尻馬に乗るつもりはないからな」

「それがいいと思います」

「わかった。じゃあな」

電話が切れた。

政治というのは、面倒なものだな。鳩村は思った。単純に、やられたらやり返すというわけにはいかないのだ。スキャンダルが噴出している檀秀人の陣営は、今はじっと沈黙を守っている。

今回のことを、政治部の連中はどう思っているのだろう。彼らは、当然、檀秀人と宮崎大樹の確執について知っているはずだ。

政治家は、二言目には、政局よりも政策論で勝負をしたいなどと言うが、実際は政局と選挙のことしか頭にないと、かつて政治部の記者が語るのを聞いたことがあった。

ずいぶん前のことで、鳩村は、それは言い過ぎだろうと思っていた。ベテラン政治記者の発言だった。長い間、永田町に出入りしているうちに、彼自身が政局にしか興味がなくなったのかもしれない。

政局というのは、本来、そのときどきの政治の局面を言う。その本質は、陣取り合戦だと、鳩村は思っていた。

政治の表舞台というのは、まさに氷山の一角だ。大半の決定は水面下でなされる。目に見えないところでのパワーバランスがものを言うのだ。

つまり、舞台裏での駆け引きが重要なのであり、政治記者は、いつしかそういう方面だけに注目するようになってしまうのかもしれない。

与党の誰と誰が、また与党の誰と野党の誰が、どこで食事をしたとか、会合を持ったということが、彼らにとっての大きな関心事になっていく。なぜなら、そこにスクープの可能性があるからだ。

結局、政治部も抜いた抜かれたなのだ。今さら、檀秀人の舌禍事件がでっち上げられたものだからといって、驚きはしないのだろう。

彼らも、ある程度は予想していたに違いない。布施が言うとおり、「その手があったか」と思うだけなのかもしれない。

政治部の記者は、政治の世界にどっぷりとつかっている。そうでなければ、取材すらできないのだ。それは悪いことではない。しかし、自分たちが政治家と同じ視点になってはいけないと、鳩村は思う。

政治部はともかく、自分は違う立場でいたいと思った。報道は、何かに偏ってはいけない。報道が政治に利用されるのは、間違いなく不幸な時代だ。

だが、偏りのない報道というのは何だろう。檀秀人の舌禍事件をでっち上げるような報道は、明らかに偏っていると言える。だが、それを告発するような報道は、偏ってはいないのだろうか。世の中からは、檀秀人寄りだと思われるかもしれない。

報道畑一筋に生きてきた鳩村にも、真に中立な報道などあり得るのだろうかと、疑問に思うことがある。いや、その世界で生きてきたからこそ、そうした疑問を抱くのだ。

非番だというのに、ちっとも気が休まらなかった。今頃、布施はいびきをかいて眠っているかもしれない。それを想像すると、なんだか悔しかった。

だが、と鳩村は思った。もしかしたら、これから寝ると言ったのは嘘《うそ》で、何かを調べ回っているかもしれない。布施は、いまだによくわからないところがある。簡単に正体を見せるやつではないのだ。

「何に戦いを挑むつもりかわかってるんですか？」

布施が言ったその一言が、妙に気になっていた。

6

谷口は、昨夜から黒田に言われたとおり、藍本祐一について調べていた。

経歴を洗うのは、簡単なことだった。彼は、都内の私立大学を卒業後、定職に就かず、そのままフリーライターになった。

学生時代から、いくつかの雑誌にコネクションを持っていたようだ。本人が言ったとおり、殺害された片山佳彦のアシスタントのようなことを、しばらくやっていたことがあった。

片山といつ、どこで知り合ったのかは、まだわからない。そういうことは、本人に訊《き》くのが一番早いのだが、と谷口は思った。

もし、それを黒田に言ったら、また睨《にら》まれるだろう。

おそらく黒田は、藍本には、自分の身辺を洗われていると知られたくないに違いない。いずれは、ばれてしまうにしても、今はまだ内密に調査を進めたいのだ。

『週刊リアル』で書きはじめたのは、片山の紹介だったのかもしれない。そのあたりのことは、まだ確認が取れていない。

記事の内容は、片山が書いていたのと似たり寄ったりだ。つまり、極道に関する記事だ。片山を先輩と仰いでいたのだから、彼から取材のノウハウや人脈の作り方などを教わったのかもしれない。

それを、黒田に報告した。

すると、思ったとおり、未確認の部分を追及された。

「藍本が片山と知り合ったのは、いつのことなんだ？」

「それは、まだわかっていません」

「『週刊リアル』でいっしょに仕事をするようになった経緯は？」

「それも、未確認です」

「藍本も、マルBに関する記事を書いているんだな？」

「そのようです」

「片山とはどういう分担だったんだ？　担当する組や地域が違うのか、それとも、一週おきとか、時間で分担していたのか……」

「それも、まだ調べていません」

何か文句を言われたら、言い返すつもりだった。昨夜遅くに、『かめ吉』で調べるように言われ、今はまだ午前十時だ。いくらなんでも、この短時間に調べ出せることは限られている。

幸い、黒田は怒鳴ったりはせず、じっと考え込んだ。谷口は、黙って彼の次の言葉を待った。

やがて、黒田が言った。

「持田のやつが言ってたな。マル害の片山は、茂里下組と独自のルートを持っていたと……」

「ええ……」

「藍本はどうなんだろうな……」

「そういうところまではまだ……」

黒田が谷口を見た。谷口は、緊張した。

黒田はにっと笑って言った。

「今日やるべき仕事がはっきりして、よかったな」

「え……？」

「今俺が言った質問に、夕方までにすべてこたえられるようにしておけ」

「あの……」

「何だ？」

「洗っていることを、本人には知られないほうがいいんですよね？」

「ほう、そういう気遣いができるようになったか。ほめてやるぞ」

「はあ……」

つまり、本人を捕まえて質問するわけにはいかないということだ。

「さあ、時間がないぞ。ぐずぐずしていていいのか?」

「行ってきます」

谷口は、慌てて出かけた。


行ってきます、と言ったはいいものの、どこに行けばいいのかわからなかった。警視庁本部の玄関を出て、しばらくぶらぶらしていた。

本人に訊けないとしたら、やはり『週刊リアル』に行くしかないかと考えた。まだ、十時二十分だ。おそらく編集部に行っても、アルバイトしかいないだろう。

それでも他に当てがないのだから、とにかく向かってみようと思った。

思ったとおり、『週刊リアル』の編集部には、昨日見かけたバイトの若い女性しかいない。谷口は、彼女に言った。

「昨日は、どうも……」

一瞬、怪訝《けげん》な顔をされた。どうやら谷口のことを覚えていなかったようだ。

「警視庁の谷口です。編集部の方は、やはり午後にならないといらっしゃいませんか？」

「……というか、今日は、みんな出てくるかしら……」

「休日じゃないですよね？」

「昨日は、木曜で校了日でしたから……」

「コウリョウビ……？」

「記事や写真のすべてのチェックが終了する日です。つまり、取材から始まって、撮影、執筆、入稿、校正、そのすべての作業が終了する日なんです」

「はあ……」

ぴんとこなかった。「それは、たいへんなことなんですか？」

「当たり前じゃないですか」

バイトの女性は、あきれたように言った。「チェックが終わらなければ、印刷して出版することができないんですよ」

なるほど、と谷口は思った。では、今日は事実上の明け番のようなものか……。

「みなさん、出勤されないということですかね？」

「編集長はもうじき出てくると思いますよ」

「もし、いらしたら、お話をうかがいたいのですが……」

「わかりました。伝えておきます」

「いらっしゃるまで、待っていていいですか？」

「かまいませんが……」

「では、そうさせてもらいます」

「じゃあ、あちらの応接セットにどうぞ。今、飲み物をお持ちします。コーヒーでいいですか？」

「あ、いえ、お構いなく……」

応接セットに移動した。ソファに腰かけて、テーブルの上にあった『週刊リアル』のバックナンバーを手に取った。グラビアをめくっていると、バイトの女性がプラスチックの使い捨てカップに入ったコーヒーを持ってきてくれた。

「あ、ありがとうございます」

聞き込みに行って、飲み物を出されることはまれだ。

薄味のコーヒーだが、ありがたかった。コーヒーをちびちびと飲みながら、『週刊リアル』のページをめくっていった。今まで、手に取ったこともなかった。

多くの刑事たちは、この週刊誌のことを気に入っているようだ。週刊誌というと、警察では一時期、左翼的なものが話題になったということだが、もちろん、谷口はそんなことは知らない。大先輩の警察官から聞いた話だ。

今では発行部数も激減してしまって、見る影もないが、当時は、ある週刊誌を公安が本気でマークしていたことがあったという。

『週刊リアル』は、そういう意味では公安のチェックとは無縁の雑誌かもしれない。だが、生活安全部と組織犯罪対策部は、おおいに気にしているに違いない。

生安は、猥褻《わいせつ》について目を光らせているだろうし、組対《そたい》はマルBの情報をチェックしているはずだ。

いずれにしろ、この雑誌は、粗野で下品な刑事たちには、もってこいだ。谷口は、自分のことを棚に上げて、そんなことを思っていた。

警察は、体育会系の出身者が多い。そういう連中は、部活の雰囲気をそのまま警察に持ち込む。谷口のような理論派には、それがたまらない。

どうして刑事なんかになったのだろうと、谷口は時々思ってしまう。刑事は、警察の花形だと思い込んでいて、挑戦してみたいと思ったのが運の尽きだった。

今は、さっさと出世して総務や警務などの管理部門に行きたいと思っていた。そして、それが警察官としては、ごく当たり前のことだと考えていた。

「お待たせしました。編集長の小石川《こいしかわ》です」

昨日来たときには、紹介もされなかった。おそらく、校了とやらで警察の相手をしている場合ではなかったのだろう。

谷口は立ち上がり、名乗った。

「まあ、どうぞ……」

小石川はテーブルを挟んで谷口の向かい側に座り、着席を促した。「片山の件ですね？」

谷口は、腰を下ろしてからこたえた。

「いえ、今日は、藍本さんについてうかがおうと思いまして……」

「藍本……？」

小石川は、怪訝な顔をした。「藍本祐一ですか？」

「そうです」

「片山の事件のことなんでしょう？　どうして藍本について調べているのですか？」

「被害者と関わりのある人については、いちおう調べておかないといけないんですよ。藍本さんは、片山さんのことを先輩と呼んでいました。親しかったのですね？」

小石川は、それでもまだ疑わしげな顔をしていた。

「まあ、親しかったのでしょうね。藍本を紹介してくれたのは、片山だから……」

これで、黒田の質問に対するこたえが一つ手に入った。

「つまり、藍本さんがこちらで働くようになる前から、片山さんと藍本さんは知り合いだったということですね？」

「そのようですね」

「二人は、いつ頃、どこで知り合ったのでしょう?」

「私は知りませんね。直接担当しているわけじゃないんで……。担当の編集者に訊いてみたらどうです?」

「片山さんとお仕事をされていた編集者の方は、たしか平井さんとおっしゃいましたね」

「ええ、藍本の担当も平井ですよ」

「平井さんは、今日は会社にはいらっしゃらないのですか?」

「わからないですね。校了明けなんで、出てこないかもしれないですね」

「どこにお住まいか、教えていただけますか?」

「わざわざ自宅までいらっしゃるおつもりですか? そうまでして調べなきゃならないことがあるんですか?」

小石川の顔に、猜疑心《さいぎしん》だけでなく、好奇心が浮かんだ。谷口は、苦笑を浮かべてみせた。

「上から調べろと言われたことは、手を抜けないんですよ。形式的なことなんですけどね。書類がそろってないと、上司や先輩にどやされるんです。警察ってのは、そういうところなんですよ」

「まあ、お役所ですからね」

「そういうことです」

「ちょっと待ってください」

小石川は、そう言って、アルバイトの女性を呼んだ。平井の住所を調べるように言う。彼女は、パソコンのマウスを操り、すぐにプリントアウトして持ってきた。

Ａ４の用紙に、平井孝という名と、その住所だけが印刷されている。なんという資源の無駄遣いだろうと、谷口は思った。たったこれだけの情報を伝えるのに、Ａ４の用紙一枚は必要ない。小さなメモ用紙か何かに、手書きでメモをすれば済むことだ。

谷口は、そう思いながら、小石川とバイト女性に礼を言った。

住所は、港区芝三丁目のマンションだった。すぐに行ってみることにした。小石川にあらためて礼を言って立ち上がった。

小石川も立ち上がり、言った。

「片山は、刃渡りの長い刃物で刺されたということでしたね？」

谷口は、出入り口に向かいかけて、足を止めた。

「ええ……」

「暴力団の関与も視野に入れて捜査をしていると報道したテレビ局がありました。実際のところ、どうなんです？　暴力団員の仕業だと、警察は見ているんですか？」

「まだ、わかりません。捜査中です」

そうこたえるしかなかった。わかるはずがない。片山の件は、谷口たちが担当しているわけではない。三ヵ月ほど前に起きた木田昇殺害を担当しているのだ。その事案が、片山殺害と関係あるのかどうかも、まだわかっていない。

「私たちは、日常的に暴力団と接触があります。彼らの記事が売り物ですからね。しかし、いまだかつて、彼らとのトラブルで編集者やライターが殺害されたことなんてないんですよ」

「過去に一度も、ですか？」

「暴力団ともめることはあります。彼らは、そういう場合、担当者を殺害したりはしません。示威《じい》行為に出るのです。仲間の右翼団体の街宣車を使ったり、弁護士を立てて訴えたりするのです。そっちのほうが、金になるからです。そういう場合にそなえて、こちらも、それ相応の用意があります。持ちつ持たれつですからね。担当のライターを殺しちまったら、一文にもならないどころか、警察沙汰になる。そんなのは割に合わないんだ」

谷口は、どうこたえていいかわからなくなった。たしか、黒田も、似たようなことを言っていたような気がする。

「そういうことも含めて、捜査中ですから……。では、失礼します」

谷口は、小石川に背を向けて、出入り口に急いだ。

マンションを訪ねて、玄関でインターホンに部屋番号を打ち込んだが、返事がなかった。部屋の中ではチャイムが鳴っているはずだ。

留守なのだろうか。

谷口は、そう思いながら、もう一度部屋番号を打ち込んでチャイムを鳴らしてみた。やはり返事がない。

時計を見ると、昼の一時過ぎだった。留守のようだから、昼飯を食いに行こうか。そう思って踵《きびす》を返すと、そこに知っている顔があって、びっくりした。

「布施さん……」

布施は、眠そうな顔で、谷口を見た。しばらくぼんやりしている。覚えていないのかもしれない。

「警視庁の谷口です。黒田さんといっしょに何度かお会いしました……」

「あ、そうだった。すいませんね。意外なところで意外な人に会うと、咄嗟《とっさ》に誰だか思い出せないことがあるよね」

そういうことではなく、布施は谷口にまったく関心がないから、覚えていなかったのだろうと思ったが、それについては何も言わないことにした。

「ここで何を……？」

「『週刊リアル』の平井に会いに来たんだ」

谷口は驚いた。

「何の用で……？」

布施は、あくびをかみ殺して言った。

「その様子だと、あんたも平井に会いに来たようだね？」

ごまかそうと思ったが、昨日の『かめ吉』でのやり取りを考えると、嘘《うそ》をつくのは無理だった。

「ええ、そうなんですが……」

「どうして、平井に会うの？」

「黒田さんが、藍本のことを洗えと……」

そこまで言って、はっとした。

刑事が、記者の質問に素直にこたえる必要など、まったくないのだ。だが、ついこたえてしまっていた。

それが布施の不思議なところだと、谷口は思った。なぜか布施が相手だと安心してしまうのだ。警戒心がなくなってしまう。

「黒田さんが藍本のことを……？」

谷口はうろたえた。

「自分は、これ以上のことは、絶対にしゃべりませんからね」

布施は、関心なさそうに言った。

「別にいいよ。俺もこれ以上は訊かないから……」

「平井さんとは知り合いなんですか？」

「まあね。マスコミ関係者は、いろいろなところで知り合うチャンスがあるんだ」

「平井さんに何の用です？」

「聞きたい？」

あらためてそう訊かれると、聞かないほうがいいような気になってくるから不思議だ。

だが、警察官がそんなことを言ってはいられない。

「聞かせてください」

「昨日、藍本が俺に言ったことで、いくつか確かめたいことがあってね」

布施と藍本は、二人で『かめ吉』を出て行ったのだ。その後、何かを聞いたということだろう。

「藍本は、何を言ったんです？」

布施は、かすかに笑った。

「それは言えないなあ」

追及すべきなのだろう。だが、それができないような雰囲気が、布施にはある。なるほど、黒田さんが一目置くわけだ。谷口は、そんなことを思った。

布施が、インターホンのほうを見て尋ねた。

「出ないの？」

谷口はこたえた。

「出ません。出かけているんじゃないかと思いますが……」

「ちょっといい？」

谷口が場所をあけると、布施はインターホンに近づいた。

部屋番号を打ち込み、チャイムのボタンを押す。それを、しつこく何度も繰り返した。

谷口は、あっけにとられてその様子を眺めていた。

やがて、驚いたことに、部屋から返事があった。

「うるさいな。誰だ？」

「TBNの布施だけど」

「あんたか……」

平井の語調が、一瞬にして和らいだ。「待ってろ、今玄関のドアを開ける」

自動ドアが開いた。

布施がそちらに進んだ。ふと気づいたように、谷口に言った。

「いっしょに来る？」

「いいんですか？」

「どうせ会いに行くんだろう。いっしょに来たほうが手間が省けるんじゃない？」

布施は、そう言うと建物の中に向かった。谷口は、慌ててそのあとを追った。

7

平井は、寝起きの表情だった。かすかにアルコール臭がする。二日酔いかもしれない。どんよりした顔をしており、ちゃんと話が聞けるだろうかと、谷口は訝《いぶか》った。服装も、スウェットの上下だ。寝間着を兼ねた部屋着なのだろうと思った。谷口もまの休日には似たような服装をしている。

平井が、谷口を見て怪訝《けげん》な顔をした。

「あんた、たしか刑事さんですよね？」

谷口はこたえた。

「ええ、一度会社をお訪ねしました」

「なんで、布施といっしょなわけ？　これって、警察の聞き込みなの？」

どうこたえていいのかわからなかった。

「ええと……。そうですね。お話を聞こうと思ってここにやってきたら、マンションの前で布施さんとばったり会いまして……」

我ながら間抜けなこたえだと思った。だが、事実だから仕方がない。

平井は、不思議そうな顔でしばらく谷口を見ていた。それから、布施に視線を移して言った。

「それで、何の用？」

「昨日、藍本というやつに会ってね」

「藍本……？　うちでライターやってる藍本か？」

「だから、来たんだよ」

平井は、赤く濁った眼《め》で、布施と谷口を交互に見た。

「……で、刑事さんは、何の用なんですか？」

「いや……、自分も藍本さんのことについてうかがいたいと思いまして。実は、昨夜、布施さんといっしょで、自分も藍本さんにお会いしているんです」

平井は、「それがどうした？」という顔で谷口を見ていた。

いかんな、と谷口は思った。

警察官には威厳が必要だ。一般市民になめられたら終わりだ。初任科の研修で、たしかそんなことを教わった記憶がある。

警察学校の初任科研修では、たいていは退屈な法律の話ばかりだが、警察官の心得というようなことも教わる。

その際に教官は、「世の中、きれい事ばかりでは済まない」ことを、実例を挙げて話してくれる。

一般市民には、あまり知られたくないことだが、正義を行うためには力も必要だという話も聞く。

今、谷口は、明らかに一般市民に軽く見られている。威厳を保つためにはどうすればいいだろう。そんなことを考えていた。

平井が谷口に言った。

「殺された片山のことじゃなくて、藍本のことが聞きたいと言うんですか？」

谷口は、しどろもどろになりかけた。だが、落ち着きを取り戻すために間《ま》を取り、もったいつけるように言った。

「いろいろと調べさせてもらいますよ。藍本さんは、片山さんを先輩と呼んでいたそうじゃないですか」

「たしかに、そう呼んでましたね」

「藍本さんも、『週刊リアル』でライターをやっておられるんですよね？」

「ええ、そうですよ」

「藍本さんを紹介したのが、片山さんだったと聞いていますが……？」

平井が、顔をしかめた。

「ちょっと待ってください。布施がいるところで、話を聞こうって言うんですか？」

谷口は、布施の顔を見た。まるで他人事《ひとごと》のような顔をしている。考えてみれば、平井は布施のために玄関のロックを解除したのだ。谷口は便乗したに過ぎない。

「失礼しました。布施さんが、いっしょに来ていいとおっしゃるもので……」

平井が布施に言った。

「どういうつもりだよ。刑事といっしょに訪ねて来るなんて……」

「その人が言ったとおり、マンションの前で会ったんだよ」

「だからって、連れてくることないだろう？」

「手間が省けていいだろう？　時間の節約にもなるし……」

平井があくびを洩《も》らす。

「用があるなら、早く済ませてくれ。もう一眠りしたいんだ」

布施が言った。

「玄関先じゃ落ち着かないな」

平井が小さく溜《た》め息《いき》をついた。

「入ってくれ。散らかってるけど……」

本当に散らかっていた。脱いだものがソファに投げ出されていた。平井は、だるそうにそれを片づけた。独身らしいが、間取りは、それにしては贅沢《ぜいたく》なものだ。

広いフローリングのリビングルームに、革張りのソファセットがある。低いテーブルの上には、雑誌や郵便物が雑然と載っている。

台所との仕切りにカウンターがあり、そこで食事をするようだ。そのカウンターにも雑誌などがあふれている。

平井は、冷蔵庫を開けて、ミネラルウォーターのペットボトルを取り出すと、ごくごくと飲んだ。やはり二日酔いで、喉が渇いているらしい。

布施は、勝手にソファに腰を下ろした。谷口はどうしていいかわからず、戸口近くに立ったままだった。

平井は、布施に言った。

「コーヒーでも飲むか？」

「何もいらないよ」

平井がソファにやってきて、どっかと腰を下ろした。それから、谷口を見て言った。

「刑事さんも、座ってくださいよ」

谷口は、広いリビングルームに、L字型に置かれたソファの端に座った。

話を聞くときは、相手の正面に座れと、先輩刑事から言われたことがある。その位置が相手に一番プレッシャーをかけられるのだ。

だが、谷口は、その位置が苦手だった。相手を威圧するということは、こちらも同じくらいに圧力をかけられるということだ。

　平井が布施に言った。

「それで、藍本の何が聞きたいの？」

「殺された片山さんとの関係」

　平井が、ちらりと谷口のほうを見た。谷口は、布施を見ていた。その質問は、谷口が訊《き》きたかったことと同じだ。

「藍本が言っているとおり、ジャーナリストとしての先輩後輩の関係だな」

「長い付き合いだったのかな？」

「藍本は、学生の頃からライターのまねごとをやっていたようだ。ネットなんかでけっこう活躍して、その後、いくつかの雑誌で仕事をするようになった。その頃に片山と知り合ったらしい」

「大学の先輩後輩とかじゃないんだね？」

「同じ大学じゃなかったな。年も六歳違いだから、学生時代の知り合いじゃないと思う」

「はっきり知らないの？」

「たしかに、藍本をうちに紹介したのは片山だけど……」

　平井が、また谷口を一瞥《いちべつ》した。「二人がどこで知り合ったかなんて、知らないよ。そんなこと、仕事の上では関係ないからな」

「酒を飲んだりするときに、そういう話は出なかった？」

「三人でいっしょに飲んだことは、あまりなかったからなあ……。片山も藍本も俺が担当しているけど……。いや、片山に関しては、担当していた、と言うべきか……。二人は、それぞれ別のページを受け持っているので、予定が合わないことが多かったし……」

「ライターと酒を飲んでも、仕事にはならないしね」

平井は、苦い顔をした。

「最近は雑誌もせちがらくなってね……。昔は、ライターを育てたり、面倒を見たりというのも、編集者の懐の深さのうちだったんだ。彼らに酒をおごったりもした。だけど、最近はそういう経費が認められなくなってきた」

たしか、平井はまだ四十一歳だったはずだ。雑誌の古き良き時代を体験しているとは思えない。おそらく、会社の先輩や上司から聞いた話なのだろう。

布施はさらに尋ねた。

「片山さんと藍本は、いっしょに飲みに行ったりはしてたのかな？」

平井は、ちょっと考えてからこたえた。

「たまには行ってたんじゃないの？　藍本はずいぶん片山を尊敬しているようだったし

……。尊敬もしていたし、感謝もしているようだったな」

「どうして？」

「取材のやり方とか、情報源の作り方とか、まあ、そういったノウハウを教えてくれたと言っていた」

「片山さんて、暴力団とかに、独自のチャンネルを持っていたって聞いたけど……」

平井は、肩をすくめた。

「そういう記事を書いていたからね。うちの雑誌は、いわばその筋の業界誌みたいな側面があるから」

「特に、茂里下組と深い関わりがあったそうだね？」

平井が、とたんに慎重になった。

「誰からそんなことを聞いたんだ？」

布施は、相手の態度が変わったことなど、まったく気にしない様子で言った。

「ちょっと調べれば、それくらいのことはすぐにわかるよ」

「片山は、主に茂里下組なんかの関東の組について書いていたから、当然、そっちのほうとつながりがあった」

「誰が後を継ぐの？」

「え……？」

「片山さんが書いていたページ、当然、誰かがやることになるでしょう?」

「藍本がやることになっているよ。あいつは、片山からいろいろなことを教わっていたからな」

「情報源も引き継ぐってこと?」

平井が、さらに慎重な態度になった。

「そう簡単にはいかないだろうな。情報源というのは、つまりは暴力団員か、その筋に詳しい人ということになるが、そういう連中と信頼関係を築くのは容易じゃない」

「まずは、利害関係ということだよね?」

「もちろん、利害関係は重要だよ。暴力団に損をさせたり、不利なことをやったりしたら、かなりやばいことになるからな。だが、利害関係だけじゃ信頼関係は作れない。やっぱり、最後は誠意なんだよ」

「なるほどね……」

「あんたなら、そのへんのところ、よくわかってるんじゃないか? けっこう危ない連中とも平気で付き合っているようだし……」

それを聞いて谷口は驚いた。

布施は、暴力団員などとも交流があるということだろうか。とてもそうは見えない。どちらかというと、育ちが良さそうな坊っちゃんタイプだ。

とても強面《こわもて》の連中と付き合っているとは思えない。

「俺は、別にそんな人たちとの付き合いはないよ」

「中国マフィアしか入れない、歌舞伎町の麻雀《マージャン》クラブで、あんたが遊んでいるところを見かけた人がいるってのは、今じゃ有名な話だぜ」

「噂《うわさ》には尾ひれがつくんだよ」

谷口は、またしても驚いていた。この布施という男は、底が知れない。

何も考えていないように見える。だが、ひょっとしたら、いろいろなことを深く考えているのかもしれない。だとしたら、この飄々《ひょうひょう》とした見かけは、演技なのだろうか。

黒田が、記者たちの中で、布施とだけは話をしたがる理由が、ようやく理解できたような気がした。

「昨日、藍本に会ったと言ったな？」

「そう。飲んでたら声をかけられてね……。そのとき、この刑事さんもいっしょだったというわけ」

平井は、谷口のほうを見もしなかった。

二人は、そこに谷口がいることを忘れたかのように話をしている。刑事としてはプライドを傷つけられる扱いだが、これはこれで好都合かもしれないと、谷口は思った。

谷口の代わりに、布施がいろいろと質問をしてくれる。

「声をかけられたって？　それまで面識はなかったのか？」

「知らなかった。持田っていう東都新聞社会部の記者がいてさ。どうやら、そいつの知り合いだったらしい」

「どういうふうに声をかけられたんだ？」

「昨日の『ニュースイレブン』で流れた映像のことを見たか聞いたかしたらしくて、それを撮ったのはあんたかと訊かれた」

「それは、片山が殺された件の映像だな？」

「そう」

谷口は、あのときのことを思い出していた。布施は、藍本と二人で、何か話をするために店を出て行った。

平井が布施に尋ねた。

「それから……？」

「二人きりで話をしたいと言われた」

「何を話したんだ？」

谷口も、それを知りたかった。

布施は、肩をすくめた。

「どうやってあの映像を撮ったんだと訊かれたよ」

「それで……？」

「本当のことをこたえたよ。偶然近くのバーで飲んでたんだって……」

「偶然だって？」

「そうだよ。殺人事件をあらかじめ予想することなんてできるわけないじゃない。もし、そうだとしたら、警察に連絡して未然に防ぐべきだしね」

「殺人を予想しないまでも、何かありそうだと読んで、誰かを追っていたんじゃないのか？」

「本当に、行きつけのバーで飲んでいただけだよ」

平井はかぶりを振った。

「まったく、あんたは不思議なやつだな。全然がつがつしていないのに、スクープのほうから転がり込んでくるってわけか」

「だから、本当にたまたまだよ」

「同じジャーナリストとしては、むかついてくるよ」

「そんなこと言われてもな……」

「それから？」

「それからって……？」

「藍本と話をしたのは、それだけじゃないだろう」

「何か知っているのか、と訊かれた」

「片山が殺された件についてだな？」

「何も知らないから、そうこたえた」

「藍本は何と言った？」

「知っていることがあったら、どんなことでもいいから教えてくれと言われた。だけど、俺、何も知らないとこたえたよ。本当に、事件については何も知らないからね」

平井は考え込んだ。

「どうして、藍本のやつは、そんなことをあんたに尋ねたんだろうな……」

「俺も、それが気になって、あんたに会いに来たんだよ」

「藍本が考えていることなんて、俺にわかるわけないじゃないか」

「普段、いっしょに仕事してるんだから、想像はつくだろう？」

「ま、想像はつくよ。たぶん、あんたが考えていることと同じだ」

「つまり、片山さんの事件について調べているってこと？」

平井と布施が、ほぼ同時に谷口を見た。

「え……」

谷口は、うろたえてしまった。「な、何です？」

平井が言った。

「刑事さんも、そのことで俺に会いに来たんでしょう?」

「いや、自分はただ、藍本さんについてお尋ねしようと思って……」

「だから、片山の件で、藍本のことを調べているんじゃないんですか?」

どうこたえていいのかわからなかった。まさか、今さら、自分は片山の件の担当ではないとは言えない。

「自分は、上司に命じられたことを調べているだけです」

布施が尋ねた。

「上司って、黒田さんのこと?」

「そうですよ」

「どうして黒田さんは、この事件のことを気にしているんだろう?」

「どうしてって……。捜査一課なんだから、当然じゃないですか」

布施は、淡々とした口調で言う。

「だって、黒田さんは、特命捜査でしょう? 重要未解決事件が担当のはずだよ。起きたばかりの殺人事件は、他の係が担当するんじゃない?」

谷口は、なんとかごまかそうとした。

「特命捜査は、いろいろなことをやらされるんです」

「つまり、檜町公園の殺人事件に駆り出されたってこと?」

「まあ、そんなとこですかね……」

「ふうん……」

布施の眼差《まなざ》しが気になった。納得したのかどうか、まったくわからない。

これじゃ、立場が逆じゃないかと、谷口は思った。聞き込みに来て、刑事が質問攻めに遭うなんてあり得ない。

なんとか形勢を立て直そうと思ったが、どうしていいかわからない。警察官らしく、強く出ればいいのかもしれないが、自分はそんな柄ではないと思った。

布施が、世間話をするような口調で言った。

「そういえば、持田が気になることを言ってたそうだね。今回の件は、茂里下組が関係しているって……」

「そうなんですか？」

平井が反応した。鋭い眼を谷口に向けた。

谷口は慌てて言った。

「そんなこと、知りませんよ」

「知らないで済めば、警察はいらない。それが、あんたたちの常套句《じょうとうく》じゃないんですか？」

「たしかに、持田さんはそんなことを言ってたかもしれません。ですが、警察ではまだ確認を取っていませんし……」

これは正確ではない。もしかしたら、捜査本部では、その事実をつかんでいるかもしれない。

平井がつぶやくように言った。

「茂里下組が片山を殺害したというのか……。まさか、そんなことが……」

布施が平井に尋ねる。

「片山さんが、茂里下組とトラブルを抱えていたということはない？」

「そんな話は聞いていない。亡くなる直前まで、茂里下組についての記事を書いていたし、特に茂里下組を怒らせるような内容もなかった……」

谷口は、平井に尋ねた。

「もし、何かトラブルがあっても、暴力団が記事を書いた人を殺す、なんてことは考えられないんですよね？」

平井は、谷口を見た。

「やつらは、トラブルを金に換えるのが商売みたいなもんだからな。もし、組に不都合な記事が載ったら、ここぞとばかりに、抗議に来る。最終的には金でケリをつけるんだが、それまでの間、さんざん脅しをかけられる」

「単純に金で片づくという問題じゃないんですね？」

「まず第一に、こちらが警察沙汰にしないように釘《くぎ》を刺すわけだ。そして、彼らにとっては、面子《メンツ》が何より大切だ。だから、その面子が立つように形を整えなければならないわけだ」

「落とし前というやつですか?」

「そう。担当者や役員が事務所に出かけて行って頭を下げるとか、訂正とお詫《わ》びの記事を載せるとか……。だが、まあ、結局は金が目的なんだが……」

「じゃあ、片山さんが茂里下組に殺害されるというのは考えられないと、平井さんは思われるわけですね?」

「まあね。だが、まったくそういうことがないとは言えない。上のほうで、収めようと思っていても、若い跳ねっ返りが余計なことをしてしまうこともある」

「だけど……」

布施が言った。「片山さんは、茂里下組とトラブルを抱えていたわけじゃないんでしょう?」

「俺は知らなかった。だが、正直なところ、わからないんだ。ごつい記事をものにするためには、危ない橋を渡ることもある」

布施が言った。

「藍本は、何かを知っていて、事件のことを調べているのかもしれないね」

平井は、きっぱりと首を横に振った。

「俺にはわからない。片山がどうしてあんなことになったのかも、藍本が何を考えているのかも……」

布施が無言でうなずいた。

8

刑事らしいことは、何一つできなかった。そんな思いで、谷口は布施とともに平井の部屋を出た。平井は、言葉どおり、もう一眠りするのかもしれない。

布施は、相変わらず何を考えているかわからない態度だ。谷口は、そんな布施に言った。

「本当に、昨夜藍本が言ったのは、さっき話してくれたことだけだったんですか？」

布施があっさりこたえる。

「そうだよ」

「なのに、わざわざ、こうして平井さんを訪ねてきたんですか？」

「今日は非番で暇だしね……」

あくびをした。「俺も寝足りないんで、帰って寝ようかな」

「藍本は、片山さんの仇《かたき》を討つつもりですかね？」

布施がぽかんとした顔になる。

「自分で事件の真相を暴くつもりなんじゃないですか？」

「どうしてそれが、仇を討つことになるの？」

そう訊《き》かれて、こたえに困った。

「いや、先輩のために自分が事件を解明しなければ、とか思ったんじゃないかと……」

「事件のことを調べるのは、警察の役目でしょう。藍本はジャーナリストだよ。安っぽいテレビドラマじゃないんだから、一般人に警察以上の犯罪捜査ができるわけがないことは、藍本もよくわかっているはずだよ」

「でも、藍本は事件のことを調べている……。布施さんはそう考えているんでしょう？」

「俺は、何も考えていないよ。ただね……」

「ただ……？」

「もし、事件のことを調べているとしたら、それがネタになるかもしれないからだ」

「どんなネタです？」

「そんなこと、俺にはわからないよ。ただ、それがジャーナリストってもんだよ」

「へえ……」

そんなものかと思った。

「ねえ、黒田さんは、どうしてこの事件に興味を持ってるの？」

さっきも、同じ質問をされた。どうして布施は、何度も同じことを訊くのだろう。

「言ったでしょう？　特命捜査は、いろいろなことをやらされるんです」

「やらされているという感じじゃなかったな……」

「え……？」

「昨夜の黒田さんだよ。担当している何かの事案と、檜町公園の事件が、何か関係あると睨《にら》んでいるんじゃないのかな」

「そんなことはないと思いますよ」

「まあ、いいや。俺には関係ないことだし……」

またあくびをした。

「あの……」

「何？」

「本当に、たまたま近くで飲んでいただけなんですか？」

「あの映像のこと？」

「ええ……」

「どうしてみんな、同じことを訊くんだろう」

「偶然とは思えないからじゃないですか？」

布施はほほえんだ。谷口には、その笑いの意味がわからなかった。

「本当だよ。本当に近くで飲んでいただけなんだ」

「片山さんのことは、ご存じだったのですか？」

「いや、知らないよ。会ったこともなかった」

本当だろうか。だが、布施を疑う理由はないと、谷口は思った。

「じゃあね。黒田さんによろしく」

そう言うと、布施はどこかに消えていった。


本部庁舎に戻ったのは、午後三時半頃だった。黒田は、自分の席で書類と睨めっこをしている。

どうやら、木田昇殺害の事案の書類のようだ。こちらが本来の担当事案なのだ。黒田は、何度でも同じ書類を読み返す。必ず何か新たな発見があると信じているようだ。

事実、そうやって今まで気づかなかったことを見つけることが、しばしばある。

「ただいま戻りました」

「何かわかったか？」

「藍本は、殺害された片山の紹介で『週刊リアル』で仕事を始めたようですね」

黒田は、さりげなく周囲を見回した。近くに捜査員はいない。係長の席も離れている。

他の捜査員に、片山の件を調べていることを知られたくないらしい。

「片山と藍本の付き合いは古いのか？」

谷口は、平井が言っていたことを伝えた。

「ジャーナリストの先輩後輩か……。それなりに深い関わりだったということだな……。『週刊リアル』では、どういう分担だったんだ？」

「片山が茂里下組を中心に記事を書き、藍本は別の団体を担当していたようです」

「藍本と茂里下組のつながりは？」

「今のところは、なさそうです。片山が茂里下組内部に情報源を持っていたようですから、他人が入り込む余地はないでしょう」

黒田は、ただうなずいただけだった。

谷口は、少しばかり後ろめたさを感じていた。今報告したのは、ほとんど布施が平井から聞き出したことなのだ。それを自分が調べたかのように話している。

どんな方法であれ、入手した情報には変わりはない。だから、何も恥じることはないはずだが、刑事としては情けない気がする。

「布施さんと会いました」

黒田が、谷口の顔を見た。

「布施と？　どこで？」

「『週刊リアル』の平井のマンションを訪ねたときです」

「あいつは、そんなところで、何をやっていたんだ？」

「昨夜、藍本と二人で『かめ吉』を出て行ったじゃないですか。それで、気になることがあるとかで、平井に話を聞きに来たようです」

黒田は、考え込んだ。

「布施と話をしたのか？」

「しました」

……というより、布施に質問を任せてしまった形だった。だが、それは言う必要はないと思った。

「藍本と布施が何を話したか、おまえ、聞き出したか？」

「藍本は、布施さんのスクープ映像について、どうやってそれを撮ったのかと訊いたそうです」

これも布施と平井の会話からわかったことだ。後ろめたさが募《つの》る。

「ふうん……」

「片山の件で、どんなことでもいいから、知っていることを教えてくれとも言われたそうです」

「布施は何とこたえたんだろうな？」

「何も知らないと……。本当に何も知らない様子でした」

「どうかな……。あいつは、何を考えているのかわからないからな」

同感だった。

黒田は、続けて言った。

「布施が藍本のことを調べはじめたというのが、一番面白い報告だったな」

「はあ……」

どういうことなのか、よくわからない。

「さて」

黒田が言った。「次は、どこを当たる？」

テストされているような気分になった。谷口は思いつきで言った。

「東都新聞の持田が、茂里下組について言ってましたね。片山の件と関わりがあるかもしれないって……。彼が何をどこまで知っているのか、洗ってみる必要があると思います」

黒田は、にやりと笑った。

「悪くないな」

「じゃあ、さっそく連絡を取ってみます」

「刑事から声をかければ、喜んで飛んでくるだろう。その後は、藍本に直当《じかあ》たりしてみるか……」

谷口は驚いた。

「調べていることを本人に知られたくないんじゃ……？」

「『週刊リアル』の平井に藍本のことを尋ねたんだろう？　すぐに平井から藍本にそのことが伝わるさ」

なるほど、そういうものか。捜査というのは、まるで将棋のように、一手ごとに状況が変わるのだな。谷口は、そんなことを思っていた。

黒田が言ったとおり、電話をすると、持田はすぐに会おうと言ってきた。

「どこに行けばいいのかな？」

本部庁舎に呼び出すわけにもいかない。他の記者が多く出入りしている。谷口は、落ち着いて話ができるところならどこでもいいと思った。

赤坂にあるホテルの名前を言った。そこのカフェで、午後五時に待ち合わせをした。

『かめ吉』が開店する時刻だが、あそこで話をする気にはなれなかった。

本部庁舎からそのホテルまでは、ちょっと距離はあるが徒歩で行けないこともない。

谷口は歩いて行くことにした。現代人は、とかく運動不足になりがちだ。

皇居の周辺には、おびただしい数のランナーがいるが、日常生活の中で運動を心がければ、何も特別にランニングなどに時間を費やす必要はないと、谷口は考えていた。

約束の時刻ちょうどにカフェに着くと、すでに持田が待っていた。

にやにやと笑っている。何か意味ありげな笑いに見える。

「どうも、お待たせして……」

持田は、笑みを浮かべたまま言った。

「話って、何かなあ？」

こたえる前に、ウエイトレスが来たので、谷口はストレートコーヒーのキリマンジャロを注文した。

どうせコーヒーを飲むなら、適当にブレンドなどを頼まずに、自分の好きな産地のものを頼みたい。

「昨日の話について、少し詳しくうかがいたいと思いまして」

「昨日の話……？　何だっけ？」

「檜町公園の件に、茂里下組が関係しているかもしれないって話ですよ」

「ああ……」

持田は、まだにやけている。

ようやく、その笑いの意味がわかった。彼は、刑事に呼び出されたことで、自分が大物であるかのように感じているのだ。余裕の笑いを浮かべているのだ。

童顔だから、そうした仕草がまったく似合わない。

谷口は質問した。

「その話、誰に聞いたんです？」

持田の笑みが、苦笑に変わった。

「ニュースソースを教えるわけにはいかない。ジャーナリストの常識だよ」

ウエイトレスがコーヒーを持ってきたので、一時会話が中断した。

コーヒーを一口飲むと、谷口は言った。

「最初からそれじゃ、話になりませんね」

「どういうこと？」

「そっちから、それなりの情報が得られれば、こちらだって、そちらの知りたいことを、少しはしゃべることができる……。そういう話ですよ」

「取引ってこと？」

「そんな大げさなことじゃないです。情報交換ですよ」

「同じことじゃない」

持田は、笑みを消して考え込んだ。狡猾《こうかつ》そうな表情になる。おそらく、頭の中でいろいろなものを天秤《てんびん》にかけているに違いない。

谷口は言った。

「別にいいんです。世間話をして帰っても、自分はいっこうに困りませんから……」

持田は、ちょっと慌てた様子になった。今までの大物気取りは消え去った。

底の浅いやつだと、谷口は思った。布施とは対照的だ。

「僕が言ったことを、そんなに気にしているってことは、警察も同じことを考えているってことだよね？」

「そんなことは、一言も言ってません。どこで聞いた話なのかを訊きたいだけです」

持田は、落ち着きをなくしはじめた。

谷口は、ようやく刑事らしい気分を味わっていた。布施や平井に会ったときは、どちらが刑事かわからない雰囲気だった。

「うーん、どうしようかなあ……」

持田は、もったいぶっている。

「なんだ、ただのはったりだったんですか」

「え……？」

「片山さんが、茂里下組に関する記事を書いていたので、思いつきで言っただけだったんですね？」

「いや……」

持田が焦りはじめた。「そんなことはない。ただ……」

「ただ、何です？」

「確認を取っていないし、さっきも言ったけど、ジャーナリストとしてニュースソースを明かすことはできないんだよ」

「わかりました。じゃあ、話はこれまでですね」

谷口は、席を立つ振りをした。

「ちょっと待ってよ。せっかちだなあ……」

持田が、無理やり苦笑を浮かべようとしているのがわかった。なんとか、先ほどの余裕を取り戻そうとしているのだ。

谷口は、座り直した。

「片山さんは、『週刊リアル』で、主に茂里下組に関する記事を書いていました。その片山さんが、刃渡りの長い刃物で刺されて死亡した……。凶器は、暴力団員が使う匕首《あいくち》かもしれないと、容易に想像がつきますよね。そこで、持田さんは、きっと茂里下組の仕業に違いないと推理した……。そういうことじゃないんですか？」

持田は、心持ち身を乗り出して声を潜めた。

「そうじゃないよ。ちゃんと、話を聞いたんだ」

何も、ひそひそ話をする必要はない。このカフェは、席がゆったりと配置されているし、近くに客はいない。二人の会話が他人に聞かれる恐れはなかった。

持田は、重要な話をしているのだという演出がしたいのかもしれない。そういう態度こそが人目につくのだということを知らないのだろうか……。

谷口は、質問した。

「誰に聞いたんです？」

「絶対にオフレコだよ。僕が話したなんてことがばれたら、信用をなくすからね」

「もちろん、他には洩《も》らしません」

持田は、周囲に眼《め》を走らせてから言った。

「藍本祐一というライターがいるんだ。片山の後輩に当たるんだけど……」

「藍本なら知ってます。昨日、持田さんが帰った後に、『かめ吉』にやってきました」

持田は、目を丸くした。

「本当に『かめ吉』まで行ったんだ……？」

「布施さんを訪ねて来たんです。二人で何か話をしたようです」

「二人で……」

「昨日のスクープ映像を撮ったのが布施さんだってことを、藍本に教えたのは、持田さんですね？」

持田はうなずいた。

「ああ、藍本は『ニュースイレブン』を見ていたらしく、僕に電話を寄こしたんだ」

「以前から知り合いですか？」

「ああ、ジャーナリスト同士は、いろいろな場面で顔を合わせることが多い。かなり前から知り合いだった。ＴＢＮは、うちの新聞の系列だろう？　だから、映像について、手がかりがないか、僕に電話してきたんだ。映像自体は見ていなかったけど、当然僕は、布施ちゃんのことを知っていたし、布施ちゃんのスクープなんじゃないかと黒田さんから聞いていた……」

「それで、藍本から聞いた話というのは？」

「片山の事件の取材に行ったときに、彼と会った。ちょっと立ち話をしたんだ。そのときに、彼がぽつりと言った。茂里下組が絡んでいるかもしれないって……」

谷口は、黒田の言葉を思い出していた。彼はこう言った。

「その後は、藍本に直当たりしてみるか……」

まるで、この展開を読んでいたようじゃないか。

谷口は、そう思いながら持田の顔を眺めていた。

9

谷口は持田と別れると、ホテルのロビーから黒田に電話をした。

「持田と話をしました」

「今、どこにいる」

「ホテルのロビーです」

「そんなところで、固有名詞を口に出したりするなよ」

「だいじょうぶです。周囲には誰もいません」

「用心が足りないな。誰にも聞かれていないと思っても、安心できない。すぐに戻って来て報告しろ」

「わかりました」

谷口は、電話を切った。充分に用心をしているつもりだが、それでもまだ足りないということらしい。

誰が他人の電話の会話など気にしているだろう。マスコミに何かが洩《も》れることを恐れているのだろうか。

　布施とは、平気で話をするくせに……。

そんなことを思いながら、谷口は警視庁本部庁舎まで急いで帰った。

「それで……？」

谷口の顔を見るなり、黒田が尋ねた。

「持田も、事件に茂里下組が関与しているという確かな証拠を握っているわけではないようです。人から聞いただけなんです」

「誰から聞いたんだ？」

「藍本です」

「なるほどな……」

　黒田は、机の上に広げていた資料を手早く片づけると立ち上がった。「さて、行くか……」

「どこにです？」

「決まってるだろう。藍本のところだ」

　今日これからか……。

すでに終業時間だ。だが、黒田には勤務時間など関係ないのだ。また、長い夜が始まるのかもしれない。

黒田の部下でいる限りは、もう定時に上がることなど望めないのか。いや、刑事でいる限りは無理なのかもしれない。

そう思うと、気分が重くなった。

黒田が言った。

「藍本の自宅はどこだ？」

谷口は、どきりとした。

「すいません。まだ、調べてません」

「今日は一日何をやっていたんだ？」

「『週刊リアル』の編集部に行き、それから平井のマンションを訪ねた後、持田に会ってきました」

「それで、誰にも藍本の住所を訊《き》かなかったのか？」

「すいません……」

「住所と連絡先をまず調べるのが基本だろう」

「はい」

「しょうがねえな……」

黒田は、つぶやいてから時計を見た。「六時か……。『週刊リアル』に電話してみろ。誰かいるかもしれない」

黒田が椅子に腰を下ろした。

谷口は、すぐに電話をした。女性が出た。

「あの……、午前中にうかがった、警視庁の谷口ですけど……」

「ああ、刑事さんですか」

「ちょっと、訊き忘れたことがありまして……」

「何です？」

「ライターの藍本さんの住所と連絡先、わかりますか？」

「ちょっと待ってください」

彼女は、パソコンを操作している様子だ。しばらくして、住所と携帯電話の番号を教えてくれた。

「あの、自分のことを覚えていてくれて、ありがとうございます」

「はあ……？」

我ながら、おかしな謝辞だと思った。本来ならば、住所と連絡先を調べて教えてくれたことに対する礼を言うべきだ。

「いえ、とにかく、ありがとうございます」

電話が切れた。

谷口は、黒田に報告した。

「藍本の住所は、杉並区高円寺北二丁目……」

何か言われるかと思ったが、黒田はただうなずいただけだった。再び立ち上がると、黒田は歩き出した。谷口は、慌ててそのあとを追った。

藍本が住んでいるマンションに到着したのは、午後七時頃だった。三階建ての小さな建物だ。

ちなみに、マンションというのは本来は豪邸の意味で、アパートのような集合住宅をマンションと呼んでいるのは日本人だけだと聞いたことがある。

外国から日本に赴任してきた人に、「マンションを用意している」と言うと、まずびっくりされ、実際に用意した部屋を見せると、がっかりするか、かつがれたのだと思って怒り出すという話だ。

なぜ谷口がそんな話を思い出したかというと、藍本が住む建物がマンションと呼ぶにはあまりにお粗末だったからだ。いわゆるワンルームマンションだった。これもおかしな和製英語だ。ワンルームの豪邸などあり得ない。

いちおうオートロックになっているので、玄関にあるインターホンで部屋と連絡を取らなければならない。谷口が部屋番号を打ち込んだが、返事がない。

何度か繰り返したが、結果は同じだった。

黒田が独り言のように言った。

「出かけているのかな……」

「携帯に電話をしてみましょうか？」

黒田はしばらく考えていた。刑事が話を聞きに行くときは、なるべくアポイントメントを取らない。話を聞く前に相手に何らかの準備をされてしまう恐れがあるからだ。突然訪ねていくのが一番なのだ。

「かけてみてくれ」

黒田が言った。谷口は、電話をかけた。呼び出し音五回で相手が出た。

「はい……」

「藍本さんですね？」

「そうですが……」

「警視庁の谷口と言います」

「警視庁……」

「あなた、昨夜、布施さんと『かめ吉』でお会いになったでしょう？　覚えているかどうかわかりませんが、そのとき布施さんといっしょにいた者です」

「それが、何か……？」

「ちょっとお話をうかがいたいのですが、お時間をいただけませんか？」

しばらく間《ま》があった。谷口は、電話が切れたのではないかと不安になった。

「もしもし、聞こえてますか？」

「聞こえている。嫌だと言っても、許してはくれないのだろうな？」

「いえ、そんなことはありませんが……」

谷口は、思わず口ごもった。「できれば、ぜひお話をうかがいたいと思いまして……」

「片山さんの件か？」

「ええと、それはお会いしたときに……」

「わかった。どこに行けばいいんだ？」

「今、どちらにいらっしゃいます？」

「新橋だ。これから移動するところだから、どこへでも行ける」

「ちょっと待ってください」

谷口は、携帯電話を離して、黒田に言った。「どこで会おうかと言ってますが……」

「おまえが決めろ」

そう言われても、咄嗟《とっさ》には思いつかない。

「ご自宅の前で待っています」

谷口はそう言った。これからどこかへ移動するのも面倒だった。

「わかった」

藍本が言った。「四十分ほどで着く」

電話を切り、黒田に藍本の言葉を伝えた。黒田が言った。

「四十分か……。どこかで時間をつぶさなけりゃならんな……」

「すいません。どこかに移動すればよかったですか？」

「いや、自宅で話を聞くということにしたのは上出来だ。最初の方針を貫いたということだからな」

そう言われて、谷口はほっとした。

「はあ……」

「だからいちいち、すいません、て謝るな」

「すいません……」

藍本のマンションがある高円寺北二丁目のあたりは、典型的な住宅街で、時間をつぶせるような施設がまったく見当たらない。

高円寺駅から歩いてきた途中に商店街があったので、そこまで戻り、夕食を取ることにした。「ラーメン、焼肉、定食」とビニール製の庇《ひさし》に大書してある店があり、そこに入ることにした。ちなみに、店先の庇のことを、専門用語で、「テント」とか「オーニング」とかいうらしい。

刑事をやっていると、いろいろなことを覚える。

谷口はラーメンを注文し、黒田はメンチカツ定食を頼んだ。二人は、ほとんど会話も交わさず、黙々と食事を平らげた。十五分もかかっていない。

きっちりそれぞれの支払いをして、藍本のマンションに戻った。

しばらく待たされた。本当に帰ってくるのだろうかと、谷口が不安に思いはじめた頃に、ようやく藍本が現れた。

「何が聞きたいんだ？」

黒田がこたえた。

「立ち話というのも、ナンなので、ちょっとお邪魔していいですかね？」

藍本は、うなずいた。

「いいよ。どうぞ」

部屋に案内された。平井の部屋と同様に雑誌などがいたるところに積まれている。だが、それなりに整頓されている感じがする。

客を招くことがあまりないのかもしれない。来客用のソファなどはなかった。二人がけのカウチがあり、そこに座るように言われた。藍本は丸椅子を持ってきて腰かけた。

「お茶とか、出さないよ」

そう言われて、黒田がこたえる。

「けっこうです。時間を無駄にしたくないので、さっそく本題に入ります。昨夜、布施に会いに行った目的は何だったのですか？」

「別に目的なんてないよ」

「布施のことは、東都新聞の持田から聞いたのですね？」

「どうだったかな……」

「昨夜、布施の撮影した、ちょっとしたスクープ映像がニュースで流れました。それで、会ってみる気になったというわけですね？」

藍本は何も言わない。どうこたえていいか考えているようだ。こちらの追及をかわす方法を考えているのかもしれない。

畳みかけるように、黒田が言った。

「『ニュースイレブン』の映像を見て、以前から知り合いだった持田に連絡をされた。TBNは、東都新聞系列だから、持田が映像について何か知っているかもしれないと思ったからですね？　そして、持田から布施の名前と、居場所を聞き出した……」

藍本は、溜《た》め息《いき》をついた。抵抗を諦めた様子だった。

「そこまで知っているのなら、今さら何も訊くことはないんじゃないのか？」

「大切なことがわからないんですよ」

「大切なこと？」

「そう。なぜ、布施に会いに行ったのか……」

藍本は、肩をすくめた。

「殺されたのは、親しかった片山さんだ。ニュースを見て驚いた。生々しい殺人現場の映像だった。事件が起きて、それほど時間が経《た》っていないことが明らかだった。俺は、衝撃を受けたんだよ。どうしてあんな映像を収めることが可能だったのか疑問にも思った。だから、あの映像を撮ったやつに会ってみたいと思ったんだ」

ちゃんとこたえているようで、実は何もこたえていない。つまり、ごまかしているのだ。

黒田が少し間を取ってから尋ねた。

「会って、何を訊くつもりだったんですか？」

「何をって……。どうやってあんな映像が撮れたのか、誰だって訊きたくなるじゃないか」

「布施は、どうこたえました？」

また肩をすくめる。

「たまたま近くで飲んでいただけだって言ってた」

「それをあなたは信じましたか？」

「俺が信じるかどうかなんて、捜査に関係あるのかい？」

黒田は、さらに質問した。

「布施が片山さんに関する何かを追っていてあの現場に遭遇した……。あなたは、そう考えて布施に会いに行ったんですね？」

刑事は、尋問のときに、相手からの質問にこたえてはいけない。黒田は、その原則に従っている。

藍本が用心深くなった。表情でそれがわかる。彼は、知っていることを全部警察に話す必要はないと考えているに違いない。隠していれば、それで済むと思っているのだ。

だが、それは間違いだ。

黒田のような、したたかな刑事は、決して逃げを打つ相手をそのまま見逃したりはしない。

「殺されたのが知らないどこかの誰かだったら、関心など持たない。だが、片山さんなんだ。俺は、どんなことでも知りたいと思った。だから、布施に会いに行った。それだけのことだよ」

黒田はじっと藍本を見つめている。それだけでも充分にプレッシャーになるはずだ。

「持田に、事件には茂里下組が関与しているかもしれないと言ったそうですね？」

「誰がそんなことを言ったんだ？」

「持田は口が軽いんだ」

藍本は、再び小さく溜め息をついた。

「片山さんは、『週刊リアル』で主に茂里下組について書いていた。親しくしている組員も何人かいた。何かのトラブルで殺されたんじゃないかと思っただけだ」

「あなたも、マルBについて記事を書かれているんですよね？」

「あんたらが、何と呼ぶか知ったこっちゃないが、任侠《にんきょう》団体について書くのが俺の仕事だ」

「任俠団体ね……」

黒田が凄《すご》みのある笑いを浮かべた。「そっちこそ、どう呼ぶかは勝手ですが、俺たちにとっちゃ、れっきとした犯罪組織なんですよ」

「必要悪という言葉がある。連中がいなけりゃ、芸能も興行も成り立たなかったんだ。戦後の混乱期に、彼らがどれだけ体を張って秩序の回復に寄与したか知ってるのか？」

「今は、戦後の混乱期じゃない。事実、やつらは麻薬売買、売春、恐喝、威力業務妨害などの多くの犯罪に関与しています」

「テキヤを祭りから締め出したらどうなる？　博徒《ばくと》に賭博を禁止したらどうなる？　彼らの生活は立ちゆかなくなり、犯罪に手を染めるしかなくなる」

「もっともらしい意見ですが、犯罪を許すわけにはいきません。世の中には失業者があふれています。そのすべてが犯罪者になるわけじゃない。だが、やつらの一部は、間違いなく犯罪者になるんです」

「暴対法などで追い詰められたら、地下に潜るしかない」

「暴力と威圧を基本としている組織は、取締の対象になります」

「彼らは、もともとは社会に居場所がないやつらだ。その居場所を確保し、結束を高めるために疑似家族の集団を作る。その集団が白い眼《め》で見られる。こいつは、一種の差別だ」

「議論をしにここに来たわけじゃありません。質問を続けますよ。あなたも暴力団について の記事を書かれているのなら、よくおわかりのはずです。暴力団は、何の得にもならない殺人はしません。だから、茂里下組とのトラブルで片山さんが消されたというのは考えにくい。そうじゃないですか？」

　藍本は、考え込んだ。

　黒田に言われたことを考えているわけではないだろう。どうやったら、うまくごまかせるかを考えているに違いない。つまり、彼は何か隠し事をしているということだ。

「そんなことは、わからない。博徒もテキヤも面子《メンツ》を重んじる。彼らの面子をつぶすようなことをしたら、命の危険もある」

「あるいは、金……。やつらは、金のためなら何でもする。何か、金のトラブルについて聞いたことはありませんか？」

　藍本は、かぶりを振った。

「いや、聞いたことはない」

「では、片山さんが、茂里下組の面子をつぶすようなことをしたとお考えですか？」

またしばらく無言の間があった。

「考えにくいが、あり得ないことじゃない」

「例えば、どのようなことが考えられますか？」

「書いてはいけないことを記事にしたとか……」

「そういうことがあれば、当然編集部内で話題になっているはずですね？　担当編集者や編集長なんかが、火消しのために駆け回るはめになるんじゃないですか？」

「そうかもしれない」

「そういう出来事があったのですか？」

藍本は、力なくかぶりを振った。

「いや、俺の知っている限り、そういうことはなかったな」

「じゃあ、片山さんが、まずいことを記事にしたわけじゃなかったということになりますね？」

「俺にはわからない。表沙汰になっていないだけかもしれない」

「何かをご存じなら、話していただきたいのですが……」

「俺は何も知らない。先輩が殺されて、その理由が知りたいと思っているだけだ」

　黒田は、さらに畳みかけた。

「三ヵ月ほど前、関西系の三次団体の組員が殺害されました。木田という男です。その事件はご存じですか？」

　一瞬、戸惑いの間があった。

　虚を衝《つ》かれた感じだった。

「さあ、そんなことがあったかな……」

　知っていて、それを隠そうとしている。谷口はそう感じた。

「ご存じない？　それはおかしいですね」

　黒田が言った。「木田は、茂里下組組長を狙ったヒットマンでした。暗殺が失敗して殺人未遂で逮捕されました。刑期を終えて出所し、潜伏しているところを、何者かに殺害されました。『週刊リアル』としては、見過ごすことのできない事件だと思いますが……」

「誰かが記事にしたかもしれない。だが、俺の担当じゃなかった。だから、事件のことは知らない」

「茂里下組組長暗殺計画の記事を書かれたのは、片山さんでした」

「片山さんが……？」

「顛末《てんまつ》を詳しく記事にされていました。あなたが、その記事を読んでいないはずがないと、私は思うのですが……」

「もちろん読んだと思う。だが、忘れていたんだ。毎日、膨大な数の記事や資料を読むんでね……」

「ほう、先輩である片山さんの記事を読んでお忘れになっていたというのですか？」

「そういうこともある」

「片山さんは、木田に会っていたのかもしれないと、私は考えているのですが、何かご存じありませんか？」

「知りませんね」

返事が早過ぎると、谷口は思った。質問してから、こたえるまで、考える間があるものだ。即答できるのは、あらかじめこたえを用意している場合が多い。

黒田は、じっと藍本を見つめていた。やがて、彼は言った。

「ご協力ありがとうございました」

名刺を出して藍本に差し出した。「何か思い出されたことがあったら、連絡をください。では、失礼します」

黒田が立ち上がったので、谷口も立った。藍本も立ち上がったが、彼は二人が部屋を出るまで何も言わなかった。

10

マンションを出ると、黒田は無言で歩き続けた。

考え事をしているのだ。今の聞き込みの結果について考えているのだろう。谷口も無言だった。黒田の思索の邪魔をしたくなかった。

マンションから充分に離れると、黒田が言った。

「藍本は、何かを知っているな……」

谷口も、同じことを感じていた。

「そうですね……」

「張り付きたいところだが、俺たちは面が割れているからな……」

「応援を頼みましょうか？」

「誰にどうやって応援を頼むんだ？　俺たちが担当しているのは、木田昇殺害の件だ。片山殺害の件じゃない」

「でも、関連があるかもしれないじゃないですか」

「それは、俺たちが思っているだけで、確証があるわけじゃない」

「それはそうですが……。現時点でわかっていることを、捜査本部に伝えたらどうですか?」

「余計なことをするなと言われるのがオチだよ」

「捜査本部では常に情報をほしがっているんじゃないんですか?」

「そんな単純なもんじゃない」

そうなのだろうか。

谷口にはわからない。考えたこともない。捜査員同士の縄張り意識。そんなものは無意味だと思っていた。

「じゃあ、どうするんです?」

黒田は、しばらく考えてから言った。

「藍本が捜査に協力してくれるのを待つさ」

「本気で言ってるんじゃないですよね?」

「本気だよ。あいつは、やばいことに首を突っ込もうとしている。警察を味方につけたほうがいいと考えるようになるかもしれない」

「やばいことって、何です?」

「それをこれから調べるんだよ。片山が殺されたんだ。そのことを考えればやばいことに決まっている」

黒田は、これからどこに行こうとしているのだろう。彼にとっては、まだまだ仕事を続けるべき時間だろう。

「さて、明日は当番もないし、休みだな。月曜日に会おう」

黒田がそう言ったので、谷口は驚いた。終業時間も休日も、事件を追いはじめた黒田には関係ないものと思っていた。

「帰宅していいんですか？」

「金曜の夜だ。自分の時間を楽しめよ」

「黒田さんは、これからどうするんですか？」

「六本木にでも行ってみようかな……」

遊びに行くわけではない。何かネタを探しに行くのだ。だが、なぜ六本木なのだろう……。

「自分もいっしょに行っていいですか？」

黒田は、にやりと笑った。

「飲みに行くだけだぞ。俺の安給料じゃ、女の子がつく店なんて行けない」

「自分も飲みたい気分なんです。金曜の夜ですからね」

「ついてくるのは、かまわないよ」

黒田にそう言われて、谷口は不思議に思った。どうして、自分はいっしょに行くなんて言ってしまったのだろう。

おそらく、置き去りにされるのが怖かったのだ。谷口は、黒田がこれからまだ捜査を続けるものと思っていた。

谷口には強制しない。やる気を試しているのかもしれないし、邪魔だと思っているのかもしれない。

もともと、黒田は一人で動き回るのが好きだと言っていた。捜査員は、二人一組で行動するのが原則だが、たまには、黒田のような刑事もいる。

帰れと言われたら、おとなしく帰ればいいのだ。そして、週末は事件のことなど忘れててのんびり過ごす。それが谷口の理想とする生き方のはずだった。

柄にもなく、黒田の捜査方法を見てみたいと思ったのだ。

これじゃ、楽できるはずないよなあ。

谷口は、心の中でそんなことをつぶやいていた。

六本木とは、あまり縁がない。谷口は、学生のときは、新宿や渋谷で飲むことが多かった。派手なサークルなどが、六本木のダンスクラブでイベントを開いたりしていたが、そういうものとは無縁の学生時代だった。

就職してからも渋谷で飲むことが多かった。本部庁舎勤務になってからは、赤坂で食事をしたり、飲むことが多くなったが、いずれも女性が接待をしてくれるような店ではなく、主に居酒屋を利用していた。

黒田が六本木に行くと言ったとき、少しばかり意外な気がした。六本木というイメージではない。新橋のガード下が似合う。

六本木に着くと、黒田は、大きなダンスクラブにやってきた。出入り口の前に威圧するように、立派な体格の男が立っていた。外国人だ。

黒田は、その男に何事か尋ねた。男は、笑みを浮かべてかぶりを振った。

「また来る」

黒田は、そう言って片手を振り、その場をあとにした。

次にやってきたのは、狭いバーだった。カウンターだけの店で、客はみんな立って酒を飲んでいた。外国人の姿が目立つ。

バーテンダーも外国人だった。黒田は、バーテンダーに、何かを訊《き》いた。彼もかぶりを振った。

黒田は、その店を出た。

次も、小さなバーだった。雑居ビルの二階にある。この店では、カウンターの中にいるのは日本人の女性だった。店のママらしい。

黒田は、この店でようやく腰を下ろした。

「ビールをくれ」

谷口も同じものを頼んだ。

生ビールをカウンターの上に置くと、ママが黒田に言った。

「黒田さんなら、この奥の警察官御用達《ごようたし》のクラブのほうがいいんじゃない？」

「うちのカイシャのやつらの顔を見ながら酒を飲んだって、楽しいもんか」

黒田は、うまそうにビールを飲んだ。

谷口たちの他に、男性の二人連れが一組いたが、彼らも常連のようだった。

黒田は、ママに尋ねた。

「檜町公園で、殺人があったの、知ってるよな？」

「もちろん。目と鼻の先ですからね」

谷口は、あっと思った。

飯倉《いいぐら》の方角から交差点を越えてやってきたので、檜町公園との位置関係がぴんとこなかったのだ。

この店は、たしかにミッドタウンのすぐそばにある。つまり、ママが言うとおり、檜町公園とは目と鼻の先なのだ。

黒田がさらに尋ねた。

「あの夜、布施が飲んでいた店ってのは、ここか？」

谷口は、またしても驚いた。ママがあっさりとこたえた。

「そうよ。ここで、飲んでたわよ。サイレンを聞いて、様子見てくる、なんて言って、ふらりと出て行って、それきり戻って来なかった」

「飲み逃げか？」

「ちゃんとつけてあるわよ」

「彼は、何時頃にここに来たんだ？」

「なあに？　布施ちゃん、何かの容疑者なの？」

「そうじゃないけど、事件に関係しているんじゃないかと、勘ぐっているやつがいる」

「布施ちゃんが関係しているわけないじゃない。一晩中飲み歩いていて、最後にここにたどり着いたんだから……」

黒田は、質問を繰り返した。

「何時頃、やってきたんだ？」

「そうねえ、三時過ぎだと思うわ」

「間違いないよ」

常連客らしい男たちの一人が言った。「俺もその日、ここで飲んでた。そろそろ帰ろうかなと思っているところに、布施ちゃんが入ってきたんだ。三時頃で間違いないね」

黒田は、その男とママを交互に見ながら尋ねた。

「布施は、三時からパトカーのサイレンが聞こえるまで……、つまり五時頃まで、ずっとここで飲んでいたんだな？」

男が肩をすくめた。

「俺は、四時頃帰ったから、その先のことはわからない」

ママがこたえる。

「ずっとここにいたわ」

黒田がさらに尋ねる。

「ここに来たときには、すでに酒が入っていたんだな？」

「何軒か回った後だわね」

「確かか？」

「あたしが何年客商売やってると思っているの？」

黒田がにっと笑った。

「まだ新人だと思ってた。若いんでな」

「とにかく、ここに来たとき、布施ちゃんはかなりお酒を飲んでいたことは間違いないわ。もっとも、彼の場合、どんなに飲んでもあまり変わらないけど……」

黒田がうなずいて考え込んだ。いつの間にか、黒田のビールがなくなっていた。谷口のグラスも空だ。

黒田がおかわりを頼んだので、谷口も注文した。

ママが言った。

「噂《うわさ》をしていると、現れるわよ」

黒田がグラスを受け取りながら言う。

「布施がか？」

「金曜日の出席率はいいのよ」

「それは知っている。だが、今日は非番だから自宅にこもっているんじゃないのか？」

「布施ちゃんに、非番も当番もないわよ。問題は気分ね」

「たしかにそうかもしれない」

「非番の日は、比較的早く来るわよ」

「ふうん……」

黒田は、ビールを飲んだ。

ママが、向こうの常連客二人組と話を始めたので、谷口はそっと尋ねた。

「布施さんが、片山に関する何かを追っていたと考えているんですか？」

黒田は、のんびりとした口調でこたえた。

「いいや、あいつが言ったとおり、ここで飲んでただけだと思うよ」

「じゃあ、どうしてあんな質問をしたんです？」

「確認したかっただけさ。刑事の性《さが》なんだ」

「藍本は、布施が何かネタをつかんでいると、勘ぐっているんですよね？」

黒田は、顔をしかめた。

「こういうところで、そんな話をするもんじゃない」

そのとおりだった。つい、気が緩んでしまったのだ。

谷口は言った。

「すいません。気をつけます。ところで、布施さんを待っているんですか？」

「別に……」

「ここに来る前に、二軒寄りましたよね？　布施さんがいないかどうか、確かめたんじゃないですか？」

黒田はこたえるのが面倒臭そうだった。

「まあ、そういうことだな……。金曜日だから、六本木に来れば、布施に会えるかもしれないと思ったのは確かだ」

「会って話がしたいのなら、電話すればいいじゃないですか」

「こっちから電話をするなんて、まっぴらだよ」

昨夜も同じような会話をしたことを思い出した。

刑事のほうから記者に連絡などできないということだ。先に連絡を取ったほうが立場が弱くなると考えているのだ。

それから、黒田は、ウイスキーの水割りに切り替え、時折ママや常連客と言葉を交わし、一時間ほど過ごした。

店のドアが開き、本当に布施が現れた。

黒田や谷口を見ても、別に驚いた様子はなかった。

「どうも」と一言言っただけだった。

谷口は布施に言った。

「先ほどは、どうも……。助かりました」

黒田が尋ねた。

「何の話だ？」

「『週刊リアル』の平井を訪ねたとき、実は布施さんもいっしょだったんです」

「平井と会った後の布施に話を聞いたんじゃないのか？」

「いえ、平井を訪ねる直前の布施さんと、平井のマンションの前で、ばったり会ったんです」

「ということは、おまえは記者を連れて聞き込みに行ったということなのか？」

「いえ……」

谷口は、しどろもどろになった。「連れて行ったというより、連れて行ってもらったというほうが正しいと思います」

黒田があきれたような顔を向けた。谷口は、怒鳴られるかもしれないと思った。人前では怒鳴らないかもしれないが、後で二人きりになったときには、きっと叱責されるに違いないと……。

布施が言った。

「別に、お互いに不都合はないじゃないですか。別々に話を聞くのは時間の無駄だし、いっしょに話をすることにしたんです」

布施が何を言おうと、黒田は腹を立てているに違いない。

だが、谷口は、一方でほっとしていた。布施と平井の会話の内容を、自分の手柄のように報告したことが、ずっと心にひっかかっていたのだ。

突然、黒田は笑い出した。

谷口はびっくりした。何がおかしいのかわからない。ぽかんと黒田を見ていると、やがて彼が言った。

「おまえ、なかなかユニークな刑事になったたな」

皮肉かと思った。これから、ねちねちと当てこすりが始まるのだろうか。

布施は、自分は関係ないという顔でビールを注文している。

黒田がさらに言った。

「通り一遍の仕事じゃ面白くない。仕事ってのはな、いろいろと工夫するもんだ。使えるものは何でも使う。それでいいんだ」

「でも、漏洩《ろうえい》の危険が……」

布施が言った。

「あの程度の話は、誰が訊きに行っても同じですよ」

そうだろうか。もし、谷口一人だったら聞き出せなかったかもしれない。門前払いだってあり得たのだ。

そういう意味では、黒田が言ったように、谷口は布施を利用したのかもしれない。

ともかく、黒田は谷口をほめているようだ。その点は安心していいと思った。

黒田が布施に言った。

「いろいろと聞きたいことがあるんだがな……」

「何ですか？」

「ここじゃちょっと話しにくい。もっと落ち着いたところに移動したい」

ママが言った。

「ちょっと、ここじゃ落ち着かないってこと？」

「カイシャ関係の話なんだ。勘弁してくれ」

布施が言った。

「少し待ってくれない？　寝起きで喉が渇いているんです。ビールを一杯くらい飲ませてくださいよ」

「寝起きだって？」

「そう。昨夜あんまり寝てなくてですね……。谷口さんと別れた後、部屋に帰って寝たんですよ」

「今まで眠ってたのか？」

「そう。俺、寝不足に弱いんですよ」

「まあ、急ぐ話じゃない。ゆっくりしてくれ」

布施は、のんびりとビールを楽しんでいる様子だった。彼は、本当にくつろいで見える。ただ、バーに来てビールを飲んでいるだけなのに、どうしてこんなに幸福そうなのだろう。谷口は、不思議な思いで彼を眺めていた。

ゆっくりとビールを二杯飲み干すと、布施が黒田に言った。

「さて、どこに行きます？」

「任せるよ。六本木はあんたの庭だろう？」

「そんなことはないですよ」

そう言いながら、布施は立ち上がった。前回の分と合わせて会計を済ませた。黒田も勘定を払う。谷口も自分の分を出さなければならなかった。

店を出ると、布施は言った。

「はっきり言うけど、俺は、殺人事件そのものには興味はありませんよ。すでに報道された事件ですから、今さら嗅《か》ぎ回っても仕事になりませんからね」

黒田がこたえた。

「じゃあ、何に興味があるのかを教えてくれないか？」

布施は、肩をすくめてから歩き出した。黒田と谷口はそのあとについて行った。

11

布施は六本木通りに出て、溜池山王《ためいけさんのう》方向に少しだけ進んだ。クラブらしい店の看板が並ぶ雑居ビルに入っていき、エレベーターに乗った。

「どこに行くんだ？」

黒田が尋ねた。

「落ち着いて話ができるところがいいんですよね」

「そうだ」

エレベーターは六階で止まった。ドアが開いたらそこはクラブの出入り口だった。黒服が出迎える。

「布施さん、いらっしゃい」

「ＶＩＰルーム、空いてる？」

「どうぞ。すぐにご案内いたします」

別の黒服がやってきて、店の奥に一行を連れて行った。それほど広い店ではない。案内されたのは、壁で仕切られた数席の空間で、これがこの店のＶＩＰルームらしい。谷口は、六本木のクラブのＶＩＰルームなど初めてだった。

黒田が布施に言った。

「テレビ局の記者ってのは、羽振りがいいんだな。こんな場所にしょっちゅう出入りしているのか？」

「自分の金では、滅多に来ませんよ」

「だが、今日は自腹だろう？」

「話の内容次第ですね」

「どういうことだ？」

「俺が一方的に質問されるようだったら、黒田さんに払ってもらいますよ」

「六本木のクラブの、しかもＶＩＰルームなんて、公務員に払えるわけないだろう」

「お互いにためになる話ができたら、割り勘です。俺が知りたいことを、黒田さんが教えてくれたら、俺が払います」

「おい、強請《ゆす》っているように聞こえるぞ。刑事を強請るなんて、いい度胸じゃないか」

「人聞きの悪いこと言わないでください。いろいろと聞きたいことがあると言い出したのは黒田さんだし、場所は任せると言ったのも黒田さんですよ」

すぐに黒服が三人のホステスを連れてやってきたが、布施はその黒服に言った。

「済まないけど、しばらく俺たちだけにしてもらえるかな?」

「かしこまりました」

ホステスたちはてきぱきと布施のボトルで水割りを作り、すぐに席を外した。

谷口は、華やかな雰囲気に圧倒されそうになった。

黒田が布施に尋ねた。

「殺人自体には興味はないと言ったな? じゃあ、何に興味があるんだ?」

「その前に、黒田さんが、どうして檜町公園の事件について調べているのか、教えてくださいよ。担当じゃないはずでしょう?」

「担当じゃなくたって、調べることはある」

「そういうこと言ってると、ここ、全部黒田さんに払ってもらいますよ」

「だから、それが強請りだと言ってるんだ。警察の情報をおいそれと記者に話せるか。へたをすると、首が飛ぶ」

「別に捜査情報を洩《も》らしてほしいと言ってるわけじゃないんです。それに、この件については正式に調べているわけじゃないんでしょう? だから、二人だけで捜査してる……」

たしかに黒田は、応援を頼もうとしない。知り得た情報を赤坂署の捜査本部に知らせようともしない。それはどうしてなのか、谷口も気になっていた。

　黒田は、水割りを一口飲んでから言った。

「俺が、どうして檜町公園の件に興味があるか話したら、そっちも何に興味を持っているか、話してくれるか？」

「いいですよ」

　黒田は、もう一度グラスを口に運んだ。それから、しばらく考えていた。おそらく頭の中で、話していいことと話せないことの線引きをしているのだろうと、谷口は思った。

　やがて彼は話し出した。

「俺は、木田昇という暴力団員が殺害された事件の継続捜査を担当している。木田は、関西系の三次団体の組員だった。こいつは、ヒットマンだったんだ。別の暴力団の組長襲撃が失敗して殺人未遂で逮捕された。刑期を終えて出所して、その所在は厳しく秘匿《ひとく》されていたが、どこかから洩れて殺害されたんだ」

「三ヵ月ほど前の事件ですね？」

「木田が狙った相手は、茂里下常蔵。茂里下組の組長だ。片山は茂里下組とつながりが深かった。そして、彼は木田の組長襲撃事件について、詳しい記事を書いていた。もしかしたら、木田に会ったことがあるんじゃないかと、俺は考えている」

「片山さんの事件と、その三ヵ月前の事件と、何か関連があると考えているのですか？」

「二つの事件に関連があるかどうかよりも、俺は木田に関心があるんだ。木田が殺されたことに、片山が関与しているかもしれない」

「それ、片山さんが殺されたときに、すでにそう思っていたんですか？」

黒田はちょっと顔をしかめた。

「そうじゃない。そのときは、片山のことは知らなかった」

「じゃあ、なぜ片山さんのことを調べはじめたんです？」

「妙にひっかかったんだよ。事件のことを知ったときから気になったんだ。それでちょっと調べてみると、片山が茂里下組に関する記事を書いていたことがわかってきた。それで、俺の中で辻褄《つじつま》があったんだ」

谷口は驚いた。

初めて事件のことを調べろと言われたときのことを思い出してみた。あのとき、黒田はいきなり、所轄に行けと言った。

理由の説明がないことを不満に思ったのだが、黒田は説明できなかったに違いない。理由などなかったのだ。

だが、調べてみたら、たしかに木田の件との関連が垣間《かいま》見《み》えてきた。勘をなめてはいけないと、谷口は思った。

いや、単なる勘ではないだろう。黒田は、担当していた木田殺害の件を、真剣に考え続けていたに違いない。そういう状態のときは、あらゆることが関係があるように思えてくる。

何が黒田の心にひっかかったのかはわからない。

黒田は、過去に『週刊リアル』を読んだことがあり、片山の名前が記憶の片隅に残っていたのかもしれない。あるいは、殺害の手口が暴力団を連想させるもので、それが気にかかったのかもしれない。

担当している事案のことをどれだけ真剣に考えているか、ということなのだろう。

やはり黒田にはかなわないと、谷口は思った。

「へえ、そういうことだったんですか」

布施はあくまでも淡々とした口調で言った。

「そっちはどうなんだ？」

布施は肩をすくめた。

「言ってたでしょう？　さっきの店で飲んでいたら、すぐ近くでサイレンが聞こえた。それで、ちょっと行ってみようと思ったんです」

「サイレンの音だけを頼りに、あの現場に行き着いたということか？」

「俺だって記者ですからね。それくらいのことはやりますよ」

「じゃあ、本当にあのスクープ映像は偶然の産物だったということか？」

「最初からそう言ってるじゃないですか」

「藍本は、そうは思わなかったようだな」

「『かめ吉』で声をかけられたときは、何事かと驚きましたよ」

「彼は、あんたが片山のことについて、何か知っていると考えていた」

「そうみたいですね」

「『かめ吉』を出てからのことを、詳しく話してくれないか」

「いいですよ。別に隠すほどのことなんて、何もありませんから……。『かめ吉』を出て、藍本は、俺に尋ねました。片山さんをマークしていたのかって」

「あんた、どうこたえたんだ？」

「片山さんのことは事件が起きるまで知らなかった。そうこたえましたよ。事実、そのとおりですから……」

「藍本の反応は……？」

「だったら、どうしてあんな映像が撮れたんだと訊《き》かれました。偶然、近くで飲んでいただけだとこたえました」

黒田は念を押すように尋ねた。

「本当にそのとおりなんだな？」

「本当ですよ」

「それを聞いて藍本は何と言った？」

「そんなはずはない。片山さんについて、何か知っているんだろう。そうしつこく訊いてきました。だけど、本当に事件が起きるまで片山さんの名前すら聞いたことがなかったんです。そうこたえると、藍本はこう言いました。何か知っているのなら教えてくれ、と。俺は、本当に何も知らないとこたえるしかありませんでした」

「それから……？」

「それだけです」

「藍本は、何を知りたかったんだろうな」

「知りません。藍本に訊いたらどうです？」

「訊いたよ」

「それで……？」

「先輩のライターが死んで衝撃を受けた。あんたが、どうしてあんな映像が撮れたのか知りたくなった……。そのようなことを言っていた」

「じゃあ、そのとおりなんじゃないですか？」

「いや、彼は何かを隠している。話をしたとき、そう感じなかったか？」

「一方的に質問されただけですからね……。黒田さんみたいに、質問する側じゃないから、そんなことは感じませんでしたよ」

布施が言っていることはもっともだと、谷口は思った。相手が何か隠しているなどというのは、質問する側でなければ感じようがない。

黒田が言った。

「あんたが、あの殺人現場の様子を撮影できたのは、偶然近くで飲んでいたからだということはわかった。そして、藍本にもそう伝えたことも納得しよう。その上で訊くが、藍本は何を調べようとしているんだと思う?」

「片山さんが握っていた大きなネタについてでしょうね」

布施があっさりと自分の考えを述べたので、谷口は意外に思った。のらりくらりと質問をかわすのではないかと思っていたのだ。

ということは、今まで彼が話していたこともすべて本当のことなのだろう。たまたま殺人現場の近くで飲んでいたから、スクープ映像が撮れたなど、普通は信じがたい。だが、布施ならあり得る。

彼には、そう思わせる不思議な雰囲気がある。

黒田がいつになく真剣な眼差《まなざ》しを布施に向けた。

「どんなネタだ?」

「それは、俺にはわかりません。死んだ片山さんに訊くしかないですね」

「それができればな……」

「あるいは、藍本に……」

「彼は、それを知っていて隠しているというわけか？」

「黒田さんに何か隠し事をしているとしたら、考えられることは、それほど多くはありません」

「片山は、そのネタを握ったがために、誰かに消されたということなのか？」

布施は肩をすくめた。

「そういうことを調べるのは、黒田さんの仕事でしょう」

「今ここで、その仕事をしているつもりなんだがな……」

「これ以上俺に、殺人事件について尋ねたって、何もこたえられませんよ」

「最初の質問にこたえてくれ。あんたは、殺人自体には興味はないと言った。だが、何かに興味を持っていることは明らかだ。いったい、何に興味を持っているんだ？」

「いろいろなことに興味を持っていますよ。例えば、政治家のネガティブキャンペーンとか……」

黒田は、また顔をしかめた。

「木田殺害や、片山殺害に関連したことで、何か興味を持っていることがあるんじゃないかと尋ねているんだ」

「だから言ったでしょう。殺人事件自体には興味がないって。前にも言いましたけどね。

俺たちは、事件が起きて、それを報道したらそれで終わりなんです。常に事件は過去のものになっていきます」

「ふん、マスコミは気楽なもんだよな」

「黒田さんたちには黒田さんたちの、そして、俺たちには俺たちの仕事があるということですよ」

黒田が、何か言いかけてふと考え込んだ。しばらく布施を見据えている。布施は、いつものように落ち着いている。

やがて、黒田が言った。

「殺人自体には興味はないが、片山が殺害された理由は、興味の範囲内だと解釈していいんだな？」

「まあ、それは否定しませんよ」

「それは、おそらく片山が握っていた大きなネタに関係あるんだろう」

「そうかもしれません」

「そして、あんたは政治家のネガティブキャンペーンに興味があると言った」

「はい」

「つまり、こういうことか？　あんたは、片山が握っていた大きなネタに関心があり、それは、政治家のネガティブキャンペーンに関係している、と……」

布施がほほえんだ。不思議な魅力のある笑顔だと、谷口は思った。

「こうやって飲みながら話をしていると、自分でも気づいていないことを指摘されるから、楽しいですよね」

「あんたに、自分で気づいていないことがあるなんて、信じられないな。俺から見れば、あんたほど堅実な記者はいない。だから、これまでたくさんのスクープをものにできたんだ」

「そう言ってもらえるのは、うれしいですけどね。それ、買いかぶりってやつですよ」

「質問にこたえてくれよ。片山は、政治家のネガティブキャンペーンに関連した大きな情報を握っていたということなのか？」

布施はかぶりを振った。

「俺にもそこまではっきりとわかっているわけじゃないんです。別に、黒田さんに隠し事をしようというんじゃありませんよ。本当に、まだはっきりしたことは何もわからない。でも、たしかに俺は、どうして片山さんが殺されたのか、その理由に興味があります。それは、俺がある政治家のネガティブキャンペーンに興味を持っていたからなんです」

「どうして、その両者が結びついたんだ？」

「きっかけは、一枚の写真でした」

「そう。政治家のネガティブキャンペーンの一環として、週刊誌に掲載された一枚の写真です」

「写真？」

「どんな写真なんだ？」

「檀秀人が地元のある結婚式に出席したときの写真なんですが、暴力団組長といっしょに撮影されているんです」

「檀秀人か……。最近、スキャンダル続きで、旗色が悪いな……」

「スキャンダルの多くは、作られたものなんです」

「まあ、政治の世界というのは、そういうものだろう。それが、あんたの言うネガティブキャンペーンというわけか」

「ネガティブキャンペーンに手を貸しているのは、マスコミなんです」

「あんただって、そのマスコミで働いているんじゃないか」

「だからこそ許せないんです」

「許せない？　意外だな。あんたが、そんなことを言うなんて」

谷口も同感だった。布施は、ありきたりな正義感とはまったく無関係の人物に見える。どう言ったらいいのか、よくわからないが、清濁を併《あわ》せ呑《の》み、そのどちらにも囚《とら》われずにあっけらかんとしている。そんな印象だ。

布施が言った。

「俺だってマスコミの責任とか、いちおう考えるんですよ。報道機関が特定の政治家や政党に利用されるようなことがあってはならないという程度のモラルは持ち合わせているんです」

「それはわかっている。マスコミの責任を、いちおう考えているとあんたは言った。だが、そうじゃないことは、よく知っている。いちおうなんてもんじゃない。あんたは、誰よりもその責任について深く考えているんだ」

「いや、だから、それは買いかぶりですよ」

「俺が意外だと言ったのは、あんたが、許せないという言い方をしたからだ。あんたは、政治家に尻尾《しっぽ》を振る連中なんて放っておいて、自分のやるべきことをやるだけの男だと思っていた」

布施はほほえんだ。

「友達の前では、口も軽くなるんですす」

「友達だって？」

「そうですよ。警察官と記者という立場だったら、こんな話はしません。今日は、友人同士の酒飲み話のつもりなんです」

「ガキじゃないんだから、友達とか言うのはよせよ……」

黒田は、苦い顔で言った。だが、言葉とは裏腹に、まんざらでもない様子だと、谷口は思った。

黒田は、また何かに気づいたように、ふと沈黙した。布施を見ると、彼は言った。

「檀秀人といっしょに写っていた暴力団組長というのは、茂里下組組長のことか？」

布施はうなずいた。

「そうです」

「そういうことだったんですか」

思わず谷口は言った。布施と黒田が同時に谷口のほうを見た。二人とも、まるで今まで谷口がそこにいることを忘れていたようだった。

黒田が谷口に尋ねた。

「何が、そういうことなんだ？」

「あ、いや……」

そう訊かれて、こたえに窮した。まだ物事の因果関係はまったく見えていない。「ただ、茂里下組組長という一致点が見つかった気がしたんで……」

黒田は、布施に視線を戻して言った。

「やっぱり片山殺害には、茂里下組が関与していたのか？」

「持田がそう言っていたと、黒田さんが俺に教えてくれたんですよ。それで、かすかなつながりが見えてきたように感じました。何か、とても嫌なことが水面下で進行している。そんな気がしたんです」

谷口は、政治の世界にまで話が及んだので、面食らってしまった。

どんな事件にも背後に隠された事情がある。だが、たいていの殺人事件は、単純な動機によるものだ。金を巡るトラブル、男女関係のもつれ、怨恨……。

複雑な背後関係を持つ事件は、実はそれほど多くはないのだ。ましてや、政治家が絡むほど大きな事件は、実にまれだ。

谷口は、これまでほとんど経験したことがなかった。

「それで……？」

黒田が布施に言った。「これからどうするつもりなんだ？」

布施はまた、肩をすくめた。

「いつもどおり、仕事を続けるだけですよ」

12

月曜日の午後三時頃、鳩村が午後六時の会議に使う資料をチェックしていると、内線電話がかかってきた。

「はい、鳩村」

「油井だ」

報道局長だ。

なんだか悪い予感がした。

「何でしょう？」

「『ニュースイレブン』では、どうして檀秀人のスキャンダルを取り上げないんだ？」

「どうしてと訊《き》かれましても……」

「他局のニュース番組では、どんどん取り上げている。他局だけでなく、うちの局でも他の時間帯のニュース番組やワイドショーでは取り上げている。国民の関心も高い。『ニュースイレブン』だけがそれに触れないのは不自然だ」

「スキャンダルは扱いたくないんです。政局とは別の話だと思います」

「ばか言え。政治家のスキャンダルは、立派な政局だ」

「一連の檀秀人のスキャンダルは、仕組まれたものである可能性があります。そんなものに乗せられるわけにはいきません」

「乗って何が悪い。今、その話題は数字が取れるんだ。かつて、クリーンなイメージで国民の人気が高かった檀が、スキャンダルで失墜していく様を他局が報道しているのに、TBN報道局の看板番組である『ニュースイレブン』が取り上げない手はない」

「しかし……」

「しかしもくそもない。いいか、これは命令だ。今日のオンエアで、檀の話題を必ず取り上げろ」

電話が切れた。

鳩村は、頭を抱えたい気分だった。スキャンダルは扱わないというのが鳩村の方針だった。

真の報道マンは、扇情的なスキャンダルを取り上げるべきではないと、鳩村は考えていたのだ。

さらに、布施の話を聞いてから、檀秀人のスキャンダルは番組で取り上げるべきではないと思っていた。ネガティブキャンペーンに利用されるわけにはいかない。それは、報道マンとして恥ずかしいことだと感じていた。

だが、番組デスクの方針など、局長命令の前ではもろいものだ。報道局長に逆らう度胸などない。

どうしたものか……。

いつしか、鳩村は本当に頭を抱えていた。

「どうした、デスク？　ぼんやりして……」

鳥飼の声に、はっと我に返った。

彼が言うとおり、ぼんやりとしていたようだ。どうしていいかわからないうちに、午後六時の会議が迫っていた。

鳩村は、率直に鳥飼に相談してみることにした。

「檀秀人のスキャンダルは扱わない方針でした」

「ああ、それについては俺も納得している。だから、鳩村デスクが非番の日も、その話題には触れないようにしている」

「さっき、報道局長から電話があって、『ニュースイレブン』だけがそのことに触れないのは不自然だと……」

「突っぱねりゃいいんだよ」

「そうしたいのはやまやまですが、局長命令だと言われました」

「そんなの言葉のアヤだろう」

「油井局長はやりますよ。過去に実例があるんです。局長命令に逆らったディレクターが、翌日左遷されたんです」

「本当か？」

「事実ですよ」

「デスクがいなくなると、何かとやりにくくなるな……」

「縁起でもないこと、言わないでください」

そこに香山恵理子がやってきた。

「おはようございます」

「おい、香山君。デスクは方針転換の危機に直面しているようだぞ」

鳥飼が言うと、恵理子は眉をひそめた。

「何の話です？」

鳥飼がこたえた。

「檀秀人だよ。報道局長が、『ニュースイレブン』でも取り上げるようにと、プレッシャーをかけてきた」

「それで……？」

恵理子が鳩村を見た。

鳩村はこたえた。

「どうしたらいいかわからないので、鳥飼さんに相談していたところなんだ」

恵理子は鳥飼を見て尋ねた。

「どうするべきだと思います?」

「布施ちゃんの話を聞いただろう。作られたスキャンダルにマスコミが踊らされている。そんなものに一枚嚙《か》む必要はない」

「私もそう思いますね」

鳩村は二人の顔を交互に見て言った。

「私だってそうしたいんです。でも、局長命令には逆らえません」

恵理子が鳩村を見据える。

「じゃあ、方針を曲げて檀秀人のスキャンダルを取り上げるというの? ネガティブキャンペーンの片棒を担ぐことになるのよ」

「わかっている。だから苦慮しているんだ」

「どうしたんですか? みんな、難しい顔をして」

ほぼ時間通りに、布施が現れた。かつては、午後六時の会議をさぼることがしばしばあったが、このところ真面目に出席している。

「おう、布施ちゃん」

鳥飼が言った。「デスクが、ポリシーと局長命令の板挟みで苦しんでるんだ」

「板挟み……？」

鳥飼が布施に、事情をかいつまんで説明した。

話を聞き終わると、布施はあっけらかんとした口調で言った。

「別に、取り上げればいいじゃないですか」

鳩村が目を丸くして言った。

「数々のスキャンダルは、仕組まれたもので、敵対する野党のネガティブキャンペーンだと言ったのは、おまえだぞ」

「だから、ありのままを報道すればいいんです」

「ありのまま……？」

「スキャンダルに使われた写真がありましたよね？　週刊誌に載った……」

「ああ」

鳥飼が言った。「トリミングされていたやつだな？　暴力団組長と並んで写っていた……」

「トリミングする前の写真を放映するとか……」

鳩村が布施を睨《にら》んだ。

「どこにそんなものがあるんだ?」

「あの写真に写っている人なら持っているんじゃないですか?」

「つまり、檀秀人と宮崎大樹、それに暴力団の組長……」

「茂里下組組長の茂里下常蔵です」

布施の言葉を聞いた鳥飼が言った。

「宮崎の側は、その写真を出そうとしないだろうな。茂里下常蔵も……。残るは、檀秀人のところか……」

恵理子が言う。

「それ、面白いかもしれない。その写真を公表することで、視聴者がどう考えるか……」

鳩村は、まさに闇の中に光明を見いだした気分だった。

「よし、布施、すぐに檀秀人の事務所と連絡を取ってくれ」

「こういう話は、俺みたいな下っ端じゃだめですよ。デスクが行くべきです」

「言い出しっぺはおまえなんだ。おまえが手配するのが筋だろう」

「わかりました。じゃあ、デスクについて行きます」

鳥飼が言った。

「布施ちゃんの言うとおりだ。番組の誠意を見せるためにも、デスクが出向くべきだ」

鳥飼が言うことにも一理ある。

「じゃあ、二人で出かけることにします」

布施が言った。

「でも、その写真を出したからには、後には退《ひ》けなくなりますよ」

「どういうことだ？」

「前にも言ったでしょう？　何に戦いを挑むつもりかわかってるんですかって……」

たしかにそう言われたことがある。

正確には、檀秀人の敵がどんな存在なのかわかっていない。ネガティブキャンペーンを張っているのは、保守系野党であることはわかる。そしてその中心人物が宮崎大樹だということもおそらく間違いはないだろう。

しかし、その勢力がどの程度のものなのかがわからない。まさか、党を挙げてということはないだろうが、宮崎が個人的にやっていることだとも思えない。

もしかしたら、大きな利権が絡んでいるのかもしれない。茂里下組の存在が、その証左とも思える。

布施が言うとおり、何に戦いを挑むのかわからないうちに、うかつにスキャンダルがでっち上げであることを示唆するのは、きわめて危険だ。

「しかしな……」

鳩村は言った。「こちらが一手を打ってみないと、相手の姿も見えてこない」

布施が言った。

「危ない目に遭うのは嫌だなあ……」

「何を腑《ふ》抜《ぬ》けたことを言ってるんだ。報道マンは、常に危険と隣り合わせの覚悟がなきゃいけないんだ」

布施がかすかにほほえんだ。

「俺一人が犠牲になるのは嫌ですよ。みんなが腹をくるということですね？」

鳩村は言い淀《よど》んだ。

腹をくるというのは、具体的にはどういうことなのだろう。報道マンには、危険と隣り合わせの覚悟が必要だと、自分で言っておきながら、それがどういうことなのか、実はぴんときていなかった。

もしかしたら、布施のほうがそのことについて、よく考えているのかもしれないと思った。

恵理子が言った。

「報道の自由は、どんな場合でも守られなければならないわ。私は腹をくるわよ」

「俺は、妻子ある身だから、ちょっとためらうがな……」

鳥飼が言った。「まさか、消されるなんてことはないだろうな」

布施は肩をすくめた。

「片山さんは、消されましたけどね」

この言葉を聞いて、鳩村は驚いた。

「あの殺人事件が、檀秀人に対するネガティブキャンペーンと関係があるというのか？」

「まだ、はっきりしたことは言えませんがね……」

布施は涼しい顔で言った。「俺は、関係があると考えています」

恵理子の眼《め》が輝いた。

「それを明らかにしたら、大スクープよ」

布施が苦笑して言った。

「スクープのことなんて考えてませんよ。俺は、真実が知りたいだけなんです」

鳥飼が鳩村に言った。

「とにかく、写真を入手できるかどうかだな」

鳩村は、緊張した。油井局長から電話をもらったときよりもプレッシャーを感じていた。だが、ここで退くわけにはいかない。

「檀秀人の事務所に行って来ます」

千代田区一番町のビルにある檀秀人の個人事務所にハイヤーで向かった。

新聞社とテレビ局は、今でもハイヤーを使う恩恵に与《あずか》っている。経費の無駄を指摘する声は多いが、いまだにその利便性に勝てる方策が見つかっていないのだ。

ビルの前には、テレビ、週刊誌、新聞各社の記者たちが集まっていた。何の変哲もない雑居ビルで、マンションのようにオートロックになっているわけではないので、普段は記者も事務所の前まで行けるはずだ。

だが、今日は、出入り口に制服を着た警備員が二人立っていて、記者たちをシャットアウトしていた。スキャンダルの影響だろう。

鳩村は、記者たちをかきわけるようにして警備員の一人に近づき、言った。

「TBNの鳩村といいます。檀秀人事務所の湯本《ゆもと》さんとアポがあります」

警備員は、携帯電話で確認を取った。それから、無言で場所をあけた。鳩村が建物の中に入ると、背後で不満の声が上がった。

TBNと名乗ったのを聞かれたのだろう。どうして、特定のテレビ局だけ入れるんだという非難の声だ。

鳩村は、こういうことには慣れていた。すぐ後ろを歩いてくる布施の様子をうかがった。彼は、まったく動じていない。というより、まるで、散歩の最中のようにのどかな顔をしている。

こいつは、何かを恐れたり、気後《きおく》れしたりすることはないのだろうか。よほど神経が図太くできているのだろう。うらやましい限りだ。鳩村は、そんなことを思っていた。

ビルの三階フロアをすべて檀秀人の事務所が占めていた。

「湯本です」

鳩村と布施を出迎えた政策秘書は、ずいぶんと背が高かった。百八十五センチはありそうだった。眼鏡の奥の細い眼が特徴的だ。

「電話でお話ししましたように、週刊誌に載ってスキャンダルに利用されたお写真を、ぜひともお貸しいただきたいのですが……」

湯本が低くよく通る声で言った。

「まずは、おかけになりませんか？」

事務所の奥にある応接セットを手で示した。湯本の向かい側に、鳩村と布施が並んで座った。

事務所の中は、すっきりとした印象だった。保守系野党の大物議員の事務所にあるような大仰《おおぎょう》な神棚や巨大ポスターなどは見られない。

隣の布施は、くつろいでいるように見える。彼は、どんな場所にいても緊張しないらしい。

湯本が言った。

「あの写真については、いろいろと言いたいことがありますが、へたに騒ぐと逆効果になりかねないので、今は静観しています。檀も同じ考えです」

「お気持ちはよくわかります。ですが、国民には真実を知る権利があります。そして、我々には真実を報道する責任があるのです」

湯本は、余裕の笑みを浮かべた。

「真実を報道する責任ですか。私は、そういう言葉が好きです。たてまえであってもね」

「『ニュースイレブン』は、一貫して、檀秀人議員のスキャンダルを取り上げませんでした。それを評価していただきたいと思います」

湯本はうなずいた。

「それはよく理解しています。ですが、写真を提供するかどうかということとは、また別問題です。今は、沈黙を守る、というのが、檀の方針ですから……」

「扱いには充分に気をつけます。政治家のネガティブキャンペーンに、マスコミが手を貸す事例として、視聴者に理解してもらうことが目的なんです」

「本当にそんな放映ができるのですか？」

この質問に、鳩村はぽかんとしてしまった。

「もちろん、そのつもりですが……」

「放送直前に、ストップがかかる、なんてことがあるんじゃないですか？」

鳩村は思わず、隣の布施の顔を見ていた。布施は、相変わらず落ち着いている。

布施が発言した。

「あるかもしれないですね」

湯本が布施を見て尋ねた。

「なのに、写真を貸せと……？」

布施がうなずいた。

「はい」

「そういういい加減な話には乗れませんね。どういうことがない写真も、渡す相手を間違えると、たいへんなことになりますからね」

「へえ……」

布施が驚いたように言った。「あの写真の出所は、もしかして、ここなんですか？」

湯本が渋い顔になった。

「いや、そうじゃありません。でも、どこから誰に渡ったのかは、調べがついています」

布施が、さりげない口調で尋ねる。

「それ、興味ありますね。教えてもらえますか？」

湯本は、一転して笑みを浮かべた。布施に対しては警戒心を見せない。どうやら、気に入ったようだ。もはや、布施の不思議な能力と言ってもいい。

「別に秘密にするほどのことじゃない。出所は、茂里下常蔵。茂里下組からあるライターに渡ったものです。でなければ、掲載されたときに、彼らが黙っているはずがない」

布施が尋ねる。

「そのライターというのは？」

「先週起きた殺人事件の被害者です」

「片山さんですね？」

鳩村は驚き、困惑した。ここで片山の名前が出てくるとは思っていなかった。だが、布施は、まるでそれを予想していたような顔をしている。

湯本が言った。

「だから、我々は慎重にならざるを得ない」

「事情はわかりました」

布施が言った。「だったらなおさら、我々はその写真について報道したいと思うんですよ」

湯本の顔から笑みが消えた。彼は、何事か深く思案している様子だった。

13

「週刊誌にあの写真を提供したのは、片山さんに間違いありません」

湯本は、今までよりも幾分声を低くして話し出した。「その片山さんが、殺害された。それはなぜなのか。殺害されるまでに、誰とどういう経緯があったのか……。そういうことがはっきりわからない限り、うかつには動けないと、私たちは判断したのです」

首筋のあたりが凝ってくるような気がする。緊張のせいだ。鳩村が尋ねる。

「片山さんが殺害されたのは、あの写真が原因だとお考えですか？」

湯本はきっぱりとかぶりを振った。

「それは違いますね。直接の原因は写真ではありません。もし、そうだとしたら一番に疑われるのは、我々檀の陣営です。あの写真によって、一番被害を被《こうむ》ったのは我々ですからね」

「暴力団組長の顔も写っていました。その線も考えられます」

湯本は再びかぶりを振った。

「片山さんにあの写真を提供したのは、茂里下組ですよ。おそらくああいう使われ方をすることは、茂里下組は承知の上だったはずです」

「それでも、話がこじれることはあります」

「遺体は公園に放置されていたんですよね？」

「そう聞いています」

「もし、ヤクザが犯人なら、それは見せしめです。そうでなければ、今頃は遺体はどこかの山中か海の底でしょう」

　鳩村は驚いた。

「そういう事情にお詳しいとは思いませんでした」

「政治家の秘書などをやっていると、いろいろなことを見聞きしますからね」

　布施が言った。

「見せしめだとしたら、単に怨《うら》みを買ったというようなことではないはずです」

　湯本が言った。

「先ほども言ったが、だから我々は慎重にならざるを得ないんだ」

　布施と話すときは、口調がくだけてきたような気がする。

「それもわかりますが、こちらから仕掛けることも必要だと思いますよ」

　湯本はまたかぶりを振った。

「あんたたちにはその必要があるかもしれないが、私たちにはない。ただじっとしていればいいんだ」

「ネガティブキャンペーンを、甘んじて受けるというわけですか？」

「いちいち反論していたらきりがない。批判されるのも政治家の仕事のうちだと思う」

「檀議員は、何かをご存じなんですね？」

この質問は唐突だと、鳩村は感じた。

布施はいったい、何を考えているのだろう。檀秀人が何を知っているというのか。

湯本は意外な反応を見せた。愉快そうに笑い出したのだ。

「政治家というのは、いろいろなことを知っているよ」

布施は肩をすくめた。

「やっぱりブラフにはひっかかってくれませんね」

「ブラフだったのか？」

「あの写真には宮崎大樹が写っていましたね。檀議員は、何か宮崎大樹の弱みを握っておられる。だから、余裕を持ってマスコミを使った攻撃を黙殺している。そんなふうに考えたんですけどね……」

「そして、その宮崎大樹の弱みというのが、茂里下組の組長とつながりがあって、その写真にも関係していると考えたのかね？」

「まあ、それならわかりやすいと思ったんですけどね……」

「世の中は、それほど単純じゃないよ」

「じゃあ、複雑な何かをご存じなわけですね？」

湯本は、まだ笑みを浮かべている。

「写真がほしいんだったね。いいだろう。トリミング前の写真を差し上げよう」

布施も屈託のない笑顔になった。

「ありがとうございます」

「ただし、テレビは週刊誌なんかに比べると格段に影響力が強い。そのへんのことを充分に考慮してくれ」

布施に代わって、鳩村がこたえた。

「もちろんです。先ほども申しましたが、扱いには充分に注意します」

湯本は、鳩村に言った。

「具体的には、どういうふうに写真を使うつもりですか？」

そう尋ねられて、一瞬こたえに窮した。具体的なアイディアはない。

布施がこたえた。

「週刊誌に載った写真と、オリジナルの写真を並べて放映するだけです。それで、視聴者はすべてを理解するでしょう」

湯本は、ふと考え込んだ。

「そんなことをしたら、あなたたちの番組は、檀秀人寄りだという批判を受けることになるかもしれない」

布施はまた肩をすくめた。

「俺自身はですね、他のメディアがみんな反檀秀人寄りに……、つまり、もっとわかりやすく言うと、宮崎大樹の保守系野党寄りになっていると感じているんです。オリジナルの写真を放映して、初めてニュートラルな立場になると思うんです」

「世論はそんなに甘いもんじゃない。今、檀は悪者になっているわけだ。それに味方するということは、偏った報道だと思われかねない」

布施が鳩村のほうを見た。そういうことの判断は任せると言いたいのだろう。

鳩村は湯本に言った。

「世論のことは、私たちもよく心得ています。たしかに大衆は、マスコミの扇動に乗りやすい。しかし一方で、しっかりした判断力のある層がいてくれることも確かです。そういう層が私たちの番組を見てくれていると、私は信じています」

「その一言にはゆるぎない自信を感じますね。では、お手並み拝見といきましょうか。オンエアはいつです？」

「今夜流す予定です。写真が入手できれば、トップニュースの扱いにします」

湯本が言った。

「別にトップニュースである必要はない。むしろ、目立たないように取り上げてほしい」

「そうお望みなら、そのようにいたしますが……」

「もともと檀は、静観することを決めていたのです」

「わかりました」

湯本は、鳩村と布施の名刺を見た。

「ここにあるメールアドレスに写真のデータを送ればいいのですね？」

鳩村はこたえた。

「そうしていただけると助かります」

この場で確実に受け取りたいが、ここは相手の言葉に従うしかない。考えようによっては、データは便利だ。

デジタルの時代になって、ネガがなくてもいくらでもコピーが作れるようになった。メールで届くのなら、移動中に紛失する心配もない。

鳩村は、重ねて礼を言った。二人が事務所を出ようとすると、湯本が言った。

「写真の出所は秘密ですよ」

鳩村がこたえた。

「わかっています」

局に戻り、パソコンのメールソフトを立ち上げると、すでに写真が届いていた。それをすぐに『ニュースイレブン』のサーバーに送った。

午後八時の会議でその写真をどう扱うかについて話し合った。

「檀秀人以外の人物の顔にモザイクをかける」

鳩村が言うと、鳥飼が眉をひそめた。

「すでに、週刊誌では組長の顔が出ているんだ。そんな気づかいは無用じゃないのか？」

「テレビの影響力を甘く見てはいけません。気をつかい過ぎるくらいでちょうどいいんです」

香山恵理子が言った。

「週刊誌に載った写真も画面に出すんでしょう？　それにもモザイクをかけるの？」

「当然そういうことになるね」

「インパクトが多少落ちるわね」

「いや、充分にインパクトはありますよ」

布施が言った。「週刊誌の記事はすでに充分に話題になっていますし、宮崎大樹の顔にモザイクがかかっていたって、誰が写っているのかはだいたい想像がつきますよ」

「そうだな」

鳥飼がこたえた。「まあ、余計な波風を立てないためにも、この程度が妥当かもしれない」

鳩村は言った。

「写真を画面に出すというだけで、充分に波風が立つと思いますけどね……」

鳥飼が鳩村に尋ねた。

「コメントは、どの程度許されるんだ？」

「檀秀人以外の個人名はなしです。あくまでも、視聴者に写真を見てもらって考えてもらうという方針です」

「わかった」

恵理子が布施に尋ねた。

「殺人事件との関わりはどうなの？」

「まだはっきりしたことは何もわかりませんよ。ただですね……」

「ただ、何？」

「檀秀人の政策秘書の湯本さんは、何か知っている様子でしたけどね……」

鳩村は、事務所でのやり取りを思い出していた。たしかに、湯本の態度は思わせぶりだった。

「檀秀人が宮崎大樹の弱みを握っているかもしれないという話だな？」

鳩村が言うと、鳥飼と恵理子が同時に顔を向けた。

「宮崎大樹の弱み？」

鳥飼が尋ねる。「それ、いったい何のことだ？」

「いや、布施が突然言い出したんですよ」

今度は、鳥飼と恵理子の二人が布施を見る。布施が言った。

「別に突然じゃないと思いますよ。檀秀人のネガティブキャンペーンをやっている中心人物は間違いなく宮崎大樹です。それは檀秀人も承知しているはずですよね。そして、檀秀人は、これだけマスコミに叩《たた》かれてもじっと沈黙を続けている……」

鳥飼が言う。

「今何を発言しても無駄だと思っているからじゃないのか？」

「それもあるでしょう。でも、俺は檀秀人の余裕を感じるんです。逆に、宮崎大樹のほうが必死な感じがしますよね。そう考えてみると……」

「なるほど」

恵理子が言った。「檀秀人が宮崎大樹の弱みを握っているとしたら、説明がつくわね。じゃあ、その弱みって、何？」

布施はあっけらかんとした態度だった。いつものことながら、鳩村は肩すかしを食らった気分だった。

「いずれにしても、根拠のない話だ」

鳩村は言った。「檀秀人のほうに余裕があって、宮崎大樹が必死だというのも、布施がそう感じているというだけのことだろう」

布施がこたえる。

「まあ、そう言われてしまうと、身も蓋もないんですけどね……」

「いや……」

鳥飼が言う。「布施ちゃんが言ったことは、俺も感じている」

布施が言った。

「檀秀人と宮崎大樹の間には、茂里下組の組長がいる。そして、殺害された片山さんは、茂里下組についての記事を書いていた……。何かの関係が見えてきそうなんだけど、それをつなぐ要素がまだ見つかっていない」

鳩村は布施に言った。

「じゃあ、それを探してくるんだ」

「やってるつもりなんですがね。最終会議は欠席していいですよね？」

「わかりません」

「どうしてだ？」

「会議に出ていても何も見つかりませんからね。外で嗅《か》ぎ回りたいんですよ」

だめとは言えなかった。返事に困っていると、布施がにっと笑った。

「じゃ、そういうことにさせてもらいます」

布施が立ち上がった。

「待て、どこに行くんだ？」

「俺が、これ以上ここにいてもやることないですから……」

布施は、悠々と歩き去った。

谷口は、黒田とともに、木田昇殺害の継続捜査に半日を費やした。

事件が起きて時間が経《た》てば経つほど、証拠は失われるし、証言は減る。人々の記憶も曖昧《あいまい》になっていく。

初動捜査が大切だと言われるのはそのせいだ。つまり、継続捜査というのは、それだけ困難だということになる。

新たな目撃証言などほとんど期待できない。結局、過去の捜査資料をつぶさに検討し、疑問点を洗い出すことが中心になる。

疑問が出て来たら、当時の担当者に話を聞くことになるが、これがまたなかなか面倒だ。捜査員たちは必ず事案をかかえており、誰もが多忙だ。担当を外れた事案のことに親身になってくれるはずもない。

谷口が一人で行ってもろくに話は聞けなかったかもしれない。黒田の顔がものをいう。こういうときは、何より経験だと思う。ただ警察に長くいるだけでなく、過去にどれくらいの仕事をしてきたかで、周囲の反応も違ってくる。

午前中は、書類を読むことに集中した。昼食後に、木田殺害の件を直接担当した捜査員と連絡が取れたので、会いに行くことにした。

事件は、江東区北砂《きたすな》四丁目の路上で起きた。当時、木田はそのあたりに潜伏していたのだ。城東署の管轄だ。

黒田は、城東署強行犯係の貝塚《かいづか》という刑事と約束を取り付けていた。

午後二時に城東署を訪ねた。

貝塚は、背が低くずんぐりとした体格の中年刑事だった。日に焼けている。いかにも所轄の刑事という雰囲気だ。

「よう、黒さん。継続捜査だって?」

「木田昇の件だ。あんたたちが初動捜査に当たったたんだな?」

「そう。ま、かけなよ」

彼は空いている席を指さした。黒田は、キャスター付きの椅子に腰かけた。谷口も、その後方の席に腰を下ろした。

貝塚は話しはじめた。

「当初は、行きずりの犯行かとも思っていた。そうしたら、本部の組対《そたい》四課が青くなって飛んで来たんだ。それで、木田が何者かははっきりした」

黒田がうなずいた。

「ヒットマンだった。茂里下組の組長を狙ったんだが、襲撃は失敗した。出所してから、組対四課でも、彼の居場所は厳しく秘匿《ひとく》するように努めていたはずだ」

「そういうことだ。俺たちは、当然のことながら、茂里下組に殺《や》られたんだと思った。そうなれば抗争事件で、俺たち強行犯係じゃなくて、暴対係の事案となる。腰が引けちまってね……」

「強行犯係だ暴対係だっていう話じゃないと思うよ」

「もちろん俺だってそう思うよ。けど、現場ではいろいろあってさ……。相手がでかい組織ということになると、どうしたって本部の組対四課の力を借りることになる。捜査本部では、捜査一課と組対四課のどっちが仕切るんだって話になってね……」

「最近は、そんな話ばかりだな……」

黒田は苦い表情でつぶやいた。

犯罪が多様化し、なおかつ巧妙化してきたことに対応して、警察もいろいろと組織を変更する。

かつては、刑事部で扱っていた暴力団関係の犯罪は、今では組織犯罪対策部で扱う。以前は、捜査四課がマル暴と呼ばれていたが、今では組対四課がそれを担当している。

捜査一課の中も細分化された。殺人犯捜査係が十二、強盗犯捜査係が六つ、性犯捜査係が二つ、火災犯捜査係が二つというふうに分かれている。

さらに、特殊犯捜査係が四つと、ハイテク犯などの科学捜査も独立した係が担当している。

その上、特命捜査係が四つできて、継続捜査などを担当している。

まさに捜査も縦割りになってきたわけだ。縦割り組織は官僚主義の温床となる。警察官も役人だから、そういう環境が整うと官僚主義に流されやすいのだ。

黒田が尋ねた。

「捜査一課と組対四課が綱引きをやって、捜査がうまく進まなかったってことかい？」

「まさか……。現場のデカはそれほどばかじゃない。やることはやったさ。だが、実行犯がどうしても特定できなかった」

「妙だな……。親分を狙ったヒットマンの首を取ったんだ。極道としては名誉なことだから、しばらく臭い飯を食って、娑婆《しゃば》に出たら組幹部というのがお決まりの線だろう」

「そんなのは昔の話だよ。羽振りがよかった時代には、ムショに入っている間、組員の家族の面倒を組がちゃんとみていた。だが、今はそんな余裕がある組なんてどこにもない。それに、暴対法と暴排条例だ。へたなことをやると、組幹部全員がお縄になりかねない。鉄砲玉とは縁を切っておかないと、組がもたないんだ」

「なんだか、せちがらい世の中になったもんだな……」

「暴対法や暴排条例は必要だったかもしれない。けどね、あれができてから、組員たちの動きが見えにくくなった。法律で締め付けたって、極道たちがいなくなるわけじゃない。食っていけないんだからな。そうすると、やつらは地下に潜る。組織犯罪化がいっそう進むわけだ」

「容疑者は何人か浮かんだんだろう？」

「ああ。だが、どれも決め手に欠けた。どうしても見つからなかったやつもいる」

「見つからなかった……？　捜査資料にはそんなことは書いてなかった」

貝塚は、力なくうなずいた。

「高飛びしたのか、あるいはどこかの山の中に埋められているか……」

「組対四課が、茂里下組から情報を引き出したんじゃないのか？」

「水面下じゃいろいろな交渉があったと思う。だが、現場の俺たちにはその内容まではわからない。組対四課のやつに訊《き》いてみたらどうだ？」

「ああ、もちろんそのつもりだ」

貝塚は、ちょっと驚いたような顔で黒田を見た。

「本気でホシを挙げようってのか？」

「もちろん本気だ」

「継続捜査なんて、殺人の公訴時効が撤廃されたのを受けた、形だけのものだと思っていた」

「そう思いたいやつは思っていればいいさ。俺は、いつだって本気で捜査する」

貝塚は、笑みを浮かべた。それは苦笑だったのかもしれないし、共感の表現だったのかもしれない。

「あんたは、そういうやつだったな」

「木田の件を担当した組対四課で、話がわかりそうなやつはいないか？」

「あんた、本部から来たんだろう？　所轄の俺に訊くより、誰か本部のやつに訊いたらどうだ？」

「いっしょに捜査したあんたに訊いたほうが、本当のことがわかる」

貝塚は、考え込んだ。記憶を探っているのだろう。やがて、彼は言った。

「酒井《さかい》というやつがいる。年はあんたと同じくらいだ。そいつは、仕事熱心だったし、隠し事が好きじゃなかった」

「酒井だな？　わかった。忙しいところ、済まなかったな」

「忙しいのはお互い様だよ」

黒田は、もう一度礼を言ってから貝塚のもとを離れた。

14

本部庁舎に戻り、黒田はすぐに組対《そたい》四課を訪ねた。木田の事件をどの係が担当したのかはすでにわかっている。

その係に行ってみたが、誰もいなかった。出払っているようだ。

黒田が近くにいた係員に尋ねた。

「この係の連中は、どこに行ったんだ？」

「ああ、ウチコミです」

ウチコミというのは、家宅捜索のことだ。ガサ入れとも言う。

「いつ戻る？」

「さあ……。でも、日没後はさっさと引き上げてくると思いますよ」

「そんなことはわかってる」

家宅捜索は、令状に特別の記載がない限り、日の出から日没までしかできない決まりになっている。そして、その特別の記載は簡単には認められない。たいていは、日没前に引き上げてくる。それを待つしかなさそうだ。

黒田は、いったん自分の席に戻った。谷口も席に着き、黒田に言った。

「木田を殺害したのは、茂里下組と見て間違いないですね」

黒田は、しばらく考え込んでからこたえた。

「貝塚が言っていたように、殺害を実行した段階ですでに組員ではなくなっているはずだ。あるいは、組員ではない人間を使った可能性もある。いずれにしろ、茂里下組は、犯人とは何の関係もないと言い張ったんだろう」

「組対四課でも、そのへんのことはわかっているはずですよね」

「ああ……。茂里下組から情報が入らないはずがない」

「じゃあ、どうして実行犯が特定できなかったんでしょう？」

「さあな……」

黒田はなぜか不機嫌そうだった。「そのあたりのことを、酒井というやつに、きっちり説明してもらおうじゃないか」

結局、酒井たちの係が戻ってきたのは、やはり日が暮れた後だった。十一月も半ばにさしかかり、日の入りの時刻が早くなっている。今日の日の入りは午後四時三十七分だったということだ。

彼らが本部庁舎に引き上げて来たのは、午後六時頃のことだ。いっしょにウチコミをやった所轄の警察署に寄ってきたのだろうと、谷口は思った。

酒井は、外見はヤクザそのものだ。髪を短く刈っており、黒いスーツにノーネクタイだ。太い金のネックレスをつけている。

残念なことに、腕のロレックスはヤクザと違って偽物だ。針の動きですぐにわかった。クオーツのロレックスはあまり見かけない。

「木田の件か……」

酒井は黒田に言った。黒田と谷口は、立ったままだった。「継続捜査なんて、形だけなんだろう?」

誰もが同じことを言う。

特命捜査係に対する評価はこんなものなのかもしれない。たしかに、発生から月日が経《た》ってしまった未解決事件は迷宮入りになることが多い。世間からも忘れ去られていく。

そういえば、布施が言っていた。

マスコミにとって、事件は常に過去のものになっていく、と……。報道されない事件は、一般大衆にとっては起きなかったも同然なのだ。

黒田が酒井に言った。

「いや、俺は本気でホシを挙げようと思っている」

貝塚にも同様のことを言っていた。黒田は間違いなく本当にそう考えている。谷口にはそれがわかっていた。

酒井は、少しばかり驚いたような顔になった。

「マジか……？」

「本気だと言ってるだろう」

酒井は、そっと周囲を見回した。それから立ち上がって言った。

「ちょっと、場所を変えよう」

彼は、どこか空いている部屋はないかと探し回った。小会議室が空いていた。小会議室というのは名ばかりで、物置のような部屋だ。

黒田が言った。

「どうしてこそこそと、こんなところに来なきゃいけないんだ？」

酒井がこたえた。

「組対では、係や課の内部情報を外に洩《も》らすのを嫌うんだ。もともと刑事部から独立したんだが、そのときに公安のノウハウも取り入れた。実際に公安から来たやつらも多かった」

「あんたの係には、何か、俺たちに知られてまずいことでもあるのか？」

「みんなに、情報を洩らしているんじゃないかと思われるのが嫌なんだよ」

「情報を洩らすとか、そういうことじゃないだろう。殺人の捜査をしているんだ。犯人を特定して身柄を押さえるために、俺はできることなら何でもする。それが刑事ってもんだろう？」

　酒井が苦い表情になった。

「俺も刑事部にいたときは、そんなふうに思っていたよ。組対では、マルBのことを、『敵対組織』なんて呼ぶんだぜ。公安じゃあるまいし……」

「愚痴は今度ゆっくり聞くことにする。捜査のことを聞きたい。所轄で聞いた話では、容疑者は何人か浮かんだということだが……」

「ああ、捜査してたんだから、当然のことだろう」

「だが、決め手がなくて、被疑者を特定するには至らなかったんだな？」

「まあ、そういうことだな」

「容疑者の中には、姿を消してしまった者もいたということだな？　高飛びしたか消されたか、どちらかだと、所轄のやつは言ってたが……」

「マルBだからな。やばいと思ったら消すくらいのことはやるだろう」

「実行犯は、茂里下組組員かその息のかかったやつなんだろう？」

「間違いない」

「被疑者についての情報が、茂里下組から入っていたんじゃないのか？　そのための組対四課だろう？」

「無茶言うなよ。いくらハトがいるからって、殺しの実行犯の名前までは聞き出せないよ」

ハトというのは、内通者のことだ。

「だが、ある程度のことはわかるだろう。実行犯を特定できなかったなんて妙だな」

酒井はますます渋い表情になった。

「木田の件では、ずいぶん強気だった……」

「強気だった？　誰が……？」

「茂里下組だ」

「三次団体とはいえ、西の大組織と事を構えるんだから、そりゃ強気でいかざるを得ないだろう」

「西と茂里下組がその後揉《も》めたなんて話、聞いたことあるか？」

「俺はマル暴じゃないんで、そういう話にはあまり詳しくないんだ」

「抗争のこの字もないんだよ。ヒットマンを始末してそれで終《しま》いなんてことは、普通はあり得ない。抗争が始まることを意味しているんだ。だけど、木田の件では、西と茂里下組は一切揉めなかった」

「なぜだ？」

「誰か力のある人物が間に入ったとしか考えられない」

「力のある人物ね……。例えば……？」

「それはわからない。推測に過ぎんしな……」

「それがもし政治家なら納得するか？」

酒井は首を捻《ひね》った。

「微妙だな。政治家ってのは、当選しなければただの人だ。今、それなりの権力を持っていても、選挙で負ければそれっきりなんだ。マルBは、そういうのを嫌うんだ」

「政治家を通じて、政財界の実力者と知り合うこともあるかもしれない」

「政界のフィクサーなんて、もういないんだ。実際にそれだけの力を持っている人物がいなくなった。財界はマルBには拒絶反応を示すしな」

「だから、政治家がその間に入ってうまく取り持つんだ」

酒井が油断のない目つきで言った。

「誰かを具体的に思い描いているのか？」

黒田はかぶりを振った。

「そういうわけじゃないが、政治家ならいろいろなことができるんじゃないかと思ったんだ」

「政治家が捜査に圧力をかけるなんて、映画やドラマの世界でしかあり得ない。そんなことが万一世間に知れたら政治生命が終わる。政治家ってのは、おそろしくスキャンダルに敏感だ。用心深くなければ生き残れないんだよ」

「俺もそいつはよくわかっているつもりだ。だが、保守政党の長期政権時代には、実際に捜査に圧力がかかったこともあったと聞いている」

「昔は昔だ。今ではまずあり得ないと思う」

黒田が考え込んだ。

谷口には、彼が何を考えているか、だいたい想像がついた。

布施から聞いた檀秀人に対するネガティブキャンペーンのことが頭にあるのだろう。

そして、そのきっかけとなった写真には、檀秀人と茂里下常蔵が並んで写っていた。

黒田が尋ねた。

「茂里下組の連中は、木田昇の居場所をどうやって知ったんだ？」

酒井は、重々しい溜め息《たいき》をついた。

「俺たちだって、やれることには限界がある。釈放されたやつの身柄を拘束しておくわけにもいかない。発見されるのは、時間の問題だったのかもしれない」

「江東区北砂の殺害現場近くにかくまっていたんだな？」

「そうだ」

「東京都内でなく、どこか地方に行かせればよかったんじゃないのか？」

「地方に放り出してそれで終わりというわけにはいかなかったんだ。俺たちは東京都の警察だ。地方で好き勝手できるわけじゃない。目が届くところに置こうと思ったら、都内しかないんだ」

「まあ、そういうもんかもしれないな」

「それにな、地方の町や村というのは、意外によそ者が目立つ」

「木田の居場所を茂里下組に洩らしたやつがいたんじゃないのか？」

「おい、俺たちの中から洩れたって言いたいのか？　そいつは心外だな」

「そうじゃない。警察以外にも、木田の居場所を知っていたやつはいるだろう」

「奥歯にものがはさまったような言い方は、いい加減やめてくれないか。何か知ってるんなら、はっきり言えばいい。もうその事案は俺たちの手を離れているんだ。今さら何を知ったところで、関係ないんだ」

「はっきり言えないのは、確かなことがわかっていないからだ。だがまあ、それでもしゃべれと言うなら、しゃべるが……」

「しゃべれよ」

黒田は、またしばらく考え込んだ。やがて彼は言った。

「片山という週刊誌のライターがいた」

酒井の表情が引き締まった。

「知ってる。『週刊リアル』で茂里下組関係の記事を専門に書いていたやつだ。檜町公園で刺殺体で見つかったんだろう？」

「片山は、木田昇の茂里下常蔵襲撃事件について、当事者しか知らないような内容を含む詳しい記事を書いていた」

「茂里下組に強いコネを持っていたようだから、そっちから詳しく話を聞いたんだろう」

「俺は、片山が木田昇と会ったことがあるんじゃないかと思う。出所後、潜伏先で会った可能性がある。つまり、片山は木田昇の潜伏先を知っていたかもしれないということだ」

酒井は、にわかに慎重な態度になった。

「確実なことがわかるまで滅多なことは言わないほうがいい」

黒田はうんざりしたような顔をした。

「はっきり言えと、あんたが言ったんだ」

「相手と場所を選べ、と言ってるんだ」

「それは心得ている」

「だが、そいつはいったいどういうことなんだろうな？　片山が茂里下組に木田昇の居場所を教えたのだとしたら、それは何のためなんだ？」

「茂里下組から何かの見返りを得たか……。あるいは、茂里下組に脅されていた可能性もある」

「脅されていた……？　それはないだろう。片山は茂里下組とべったりだったんだ」

「何か事情があったのかもしれない。茂里下組の都合じゃなくて、誰かが茂里下組を動かしていたということも考えられる」

「その誰かってのが、西の三次団体と茂里下組の間に入って調停をした人物ということか？」

「そう考えれば、話の筋は通る」

酒井がしばらく考えてから言った。

「さっきの話だがな……」

「さっきの話？　どの話だ？」

「政治家は、選挙次第で立場が変わるからマルBは近づきたがらないと言ったよな」

「ああ」

「だが、例外があるんだ」

「例外……？」

「地盤、鞄《かばん》、看板。これが選挙の三種の神器といわれている。地方では、かつてそれらに暴力団が関わることがあった。もちろん、今は暴対法や暴排条例の時代だ。そんなことが表沙汰になったら、政治家にとっては致命的だ。だがな、そういう縁はなかなか切れるもんじゃない。地方では、地元の業者や財界とマルBが癒着していることもあったからな」

「昔は炭鉱町や港町がそうだったな」

「地方出身の議員の中には、今でもそうした関係を断ち切れない人がいる。いや、票集めに積極的に利用しようというやつすらいる。そういう場合、マルBのほうも政治家を積極的に利用しようとする」

谷口は、二人の会話を聞いて、また檀秀人の写真のことを思い出していた。

黒田が言った。

「茂里下常蔵の地元は佐賀だな？」

酒井が意味ありげに黒田を見つめながら言った。

「佐賀県だ。先代は炭鉱町を縄張りにしていた。閉山が相次ぎ、炭鉱町ではシノギができずに、東京に出てきた。茂里下常蔵は東京で二代目ということになる」

「佐賀県……。檀秀人と同じか……」

黒田がつぶやいた。酒井はそれを聞き逃さなかった。

「檀秀人がどうしたって？」

黒田は言った。

「片山の殺害は、檀秀人に対するネガティブキャンペーンと何か関係があるかもしれない」

「どういう関係が？」

「それはまだわからない」

「なんだよ。大切なところがわかってないんじゃしょうがないな……」

「だから、こうして話を聞いて回ってるんだ」

黒田は立ち上がった。「何か思い出したら、連絡をくれるとありがたいんだが……」

酒井はうなずいた。

「だが、あまり期待しないでくれ。俺たちはすでに他の事案に着手していて、暇じゃないんだ」

「わかってるよ」

黒田は部屋を出た。谷口はその後を追った。

暴力団組長に政治家。

なんだか、でかい話になってきたな……。

谷口は、そんなことを考えていた。

15

鳩村は、『ニュースイレブン』の冒頭のコーナー「ヘッドライン」を見ながら、ふと思った。

今ならまだ止められる。

檀秀人と暴力団組長である茂里下常蔵が同席している写真。それに、実は宮崎大樹も写っていたことが、今夜明らかになるのだ。

もちろん、茂里下常蔵と宮崎大樹の顔にはモザイク処理をする。だが、正体はすぐにばれるだろう。

それについて、マスコミは沈黙を守るかもしれないが、ネットではそうはいかない。

インターネットの情報はあなどれないのだ。

すでに腹をくくったつもりだった。

だが、どこかにまだ迷いがある。世の中の反響の大きさを想像すると、恐ろしくなってくる。

布施は、午後八時の会議の最中に姿を消した。外で嗅《か》ぎ回りたい、などと言っていたが、もしかしたら、彼も気後《きおく》れしてしまったのではないだろうか。報道局内にいて、生の反応を確かめるのが怖かったのではないか……。

いや……。

鳩村は考え直した。あいつは、それほど繊細《せんさい》な神経など持ち合わせてはいないだろう。

鳩村は、やはり、布施のことがうらやましいのかもしれない。

彼は何も恐れていないように見える。何かに囚《とら》われることもなければ、縛られることもない。TBNの社員でいながら、かなり好き勝手に振る舞っている。それでいて、周囲の評判は決して悪くない。

油井報道局長も彼を気に入っている。鳩村の記者時代とは大違いだ。

まあ、それが布施のスタイルだ。今さら締め付けても仕方がない。

確定CMが、もうじき終わる。確定CMというのは、決まった時刻に流れるCMのことだ。それが明ければ、いよいよ問題の写真の発表だ。

期待と不安が入り混じった気持ちのまま、番組の進行を見つめている。

CMが終わった。香山恵理子がまず言った。

「ここで、皆様にご覧いただきたい、二枚の写真があります。まずは、こちらです」

週刊誌に載った、檀秀人と茂里下常蔵が並んで写っている写真が、画面に映し出される。茂里下常蔵の顔はモザイク処理されている。その映像に、恵理子の声が重なる。

「こちらは週刊誌に掲載された写真なので、ご存じの方も大勢いらっしゃると思います。右側に写っているのが、檀秀人衆議院議員であることは、おわかりだと思います。この写真は、議員の地元のあるお祝い事の席で撮影されたものですが、実は完全な形ではありません。トリミング、つまり編集された形で、週刊誌に掲載されたのです。元の写真は、こちらです」

湯本から手に入れたオリジナルの写真を映し出した。

茂里下常蔵の両側に、檀秀人と宮崎大樹が写っている。ただし、宮崎大樹の顔にも、茂里下常蔵同様にモザイクがかけられている。

鳥飼が言った。

「私たちは、この写真に写っているのが誰であるかを問題にしたいわけではありません。週刊誌で取り上げられ、おおいに物議を醸した一枚の写真が、実は完全なものではなく、一部を切り取られた形で発表されたものだったという事実、それをお知らせしたいと考えたのです」

画面が、鳥飼と恵理子に切り替わった。

恵理子が言った。

「その報道が故意に事実をねじ曲げることを目的としたものだったのか、あるいは単なる手違いだったのか、私たちにはそれを判断する術《すべ》はありません。しかし、同じ報道にたずさわる者として、この事実を見過ごしにすることはできませんでした」

さらに、鳥飼が言う。

「こういうことが続くと、日本の報道そのものが信頼を失いかねません。この二つの写真の意味について、どうかテレビをご覧のみなさんに、一度お考えいただきたいと思います」

早過ぎもせず、間《ま》を取り過ぎもせず、絶妙のタイミングで恵理子が言う。

「では、次のニュースです」

別の話題が始まり、通常の番組の雰囲気が戻って来た。

鳥飼のコメントは期待以上だった。

スキャンダル性を強調することもなく、また、写真を掲載した週刊誌を悪者にすることもなかった。

視聴者に判断を委《ゆだ》ねるという姿勢がよかったと、鳩村は思った。さすがに、鳥飼だ。伊達《だて》に長年『ニュースイレブン』のメインキャスターをやっているわけではない。

さて、問題はあの写真の反響だ。すぐに電話が鳴りはじめるのではないかと思っていた。だが、報道局内はいつもとあまり変わらない。電話が鳴り続け、その場にいる者たちが自分の仕事を放り出して対応に追われる、という場面を思い描いていた鳩村は、少々拍子抜けしたような気分だった。

「デスク、お電話です」

バイトにそう声をかけられて、鳩村は近くの受話器を取った。

「はい、鳩村」

「どういうつもりだ？」

油井報道局長だった。

この電話は、ある意味、視聴者の反響よりも、鳩村にとっては恐ろしい。

「は……？　と、言いますと……？」

「あの写真だ。どういうつもりであんな写真を放映したんだ？」

「どういうつもり……」

鳩村はそう言われて、どこからどう説明していいのかわからなくなった。「鳥飼キャスターが言ったとおりです。視聴者に問題意識を持ってほしいと……」

「視聴者に問題意識なんて必要ない。うちの番組を見てもらえば、それでいいんだ。その理由がニュースの内容であろうが、香山恵理子のミニスカート姿であろうが、俺はいっこうにかまわないんだ」

香山恵理子には聞かせられない一言だと、鳩村は思った。もちろん、こんな言葉に目くじらを立てるほど、彼女は子供ではない。

彼女自身、自分の役割を自覚しているはずだ。

いや、今はそんなことはどうでもいい。鳩村は言った。

「檀秀人のことを取り上げろと言われたので、事務所まで足を運んで来ました」

「たしかに取り上げろと言った。だが、あんな形で取り上げろと言ったわけじゃない。いいか？　各局、檀秀人を血祭りに上げようとしている。それに乗り遅れるなと言ったんだ」

「それは、報道マンのやることではありません」

「おまえは、報道マンである前に、テレビマンなんだよ。よく考えろ」

電話が切れた。

ぼちぼち電話が増えはじめていた。だが、鳩村が予想していたほどではない。

やはり国民は、檀秀人を弁護するような内容の放送には興味を持たないのだろうか……。そんな思いで、鳩村は立ったまま報道局内を見回していた。

視聴者から直接電話があったときの対応は決めてあり、それを局員に徹底していた。

「自分たちは、事実を報道したに過ぎない。決して檀秀人寄りというわけではない。マスコミの過剰なネガティブキャンペーンについて、注意するよう警鐘を鳴らしたつもりだ」

それが趣旨だった。

局員たちは、その方向でこたえるはずだった。

『ニュースイレブン』は、最後のコーナーである、「プレイバックトゥデイ」に入るところだった。今日一日の出来事を短くまとめた、完パケ（編集済み）のVを流すコーナーだ。

もうじき番組も終わりだ。

思ったより、反響は少なかったな……。もしかしたら、局の電話がパンクするほどの大騒ぎになるかもしれないと想像していたのだが……。

鳩村がそう思ったとき、電話を受けた報道局員の一人が言った。

「デスク……」

青い顔をしている。

「何だ？」

「局のメールサーバーがパンクしたそうです」

なるほど、時代が変わったのだな。

鳩村は思った。昔なら、直接局に電話をしてきたような人たちが、今ではメールで書き込むようになったのだろう。

もちろん、依然として電話をかけることを選択する視聴者も少なくない。だが、かなりのボリュームが、メールやネットに流れたと考えていい。

局のメールサーバーがダウンするほど、メールが殺到しているということだ。昔なら、鳩村が想像したとおり、局の電話がパンクしていたに違いない。

おそらく、ツイッターや「2ちゃんねる」などのネット上の書き込みも一気に増えたはずだ。

スタジオから出て来た鳥飼が、報道局内の騒ぎに気づいて、鳩村に言った。

「反響があったようだな」

「メールサーバーがやられました」

鳥飼が表情を曇らせる。

「サイバー攻撃かなにかか？」

「いや、そういうことではないようです」

「反響があったということだな？」

「そうだと思います」

「局の電話が鳴りっぱなしという状況を想像していたんだがな……」

「私もそうです。でも、メールやネットが発達した現代では、水面下で昔よりずっと大きな反響があるのだと思います」

恵理子がスマートフォンを見ながら言った。

「驚いた。さっき放映した映像が、もう動画サイトで流れている」

鳥飼が笑みを浮かべて言った。

「おそらく、君のミニスカート姿を録画しようとしていた連中の誰かが流したんだな」

恵理子がこたえる。

「あるいは、鳥飼さんのロマンスグレー目当ての誰かが……」

鳩村は驚いて、大テーブルの上にあるノートパソコンで、動画サイトを検索してみた。恵理子が言うとおり、『ニュースイレブン』のその部分の動画がアップされていた。

この動画は、次々とコピーされてネット世界に拡散されていくだろう。URLがツイッターやソーシャルネットワーキングサービスに書き込まれ、さらに動画の拡散は加速していく。

鳩村は、不安を覚えて言った。

「今後、どんなことが起きるんでしょう……」

鳥飼が言った。

「心配することはない。ネットの住人は、大半が面白半分で参加しているんだ。反響の大きさを喜ぶべきだね」

「しかし、物事にはいい面と悪い面があります。あの写真を発表したことについて、腹を立てている人もいるはずです。例えば、最初にあの写真を掲載した週刊誌とか……」

鳥飼が驚いたような顔で言った。

「ネガティブキャンペーンに踊らされるような報道姿勢を批判するのが目的だったんじゃないのか？　やつらを怒らせたのなら御《おん》の字じゃないか」

「それはそうですが……。さっそく、油井局長に叱られましたし……」

「檀秀人のことを番組で取り上げろと言ったのは、局長じゃないか」

「檀秀人を叩《たた》くような内容を期待していたようです」

「はっきりそう指示されたわけじゃないんだろう？」

「それはそうですが……」

「間違いなく檀秀人のことは取り上げた。料理の仕方は、我々に任せてほしいね」

「今後の展開次第では、本当に私は飛ばされるかもしれません。最悪の場合は、クビです」

「そんなことを、くよくよ心配していても仕方がない」

「そう」

恵理子が言った。「これで事態が動くかもしれない。布施ちゃんは、それを見越しているはずよ」

鳩村は恵理子に尋ねた。

「事態が動く？　具体的には……？」

「それはわからない。でも、檜町公園の殺人事件が、檀秀人のネガティブキャンペーンに関係しているとしたら、当然、誰かが動きはじめるはずよ」

鳩村は、小さくかぶりを振った。

「布施にそんな深謀遠慮があるとは思えない。あいつは、いつも思いつきで行動するんだ」

「私はそうは思わないわ。思いつきでスクープを取れるほど、この世界は甘くない。第一、写真のことを言い出したのは布施ちゃんよ。大反響があるとしたら、布施ちゃんのおかげじゃない」

たしかにその点は認めざるを得ない。

「じゃあ、なにか？　今回の写真の放映で、殺人事件に何か展開があるということか？」

「檀秀人の事務所の湯本さんでしたっけ？　政策秘書の人。彼も、殺人事件について、何かを知っているような態度だったんでしょう？」

「そんな気がしただけだ。確かな話じゃない」

「とにかく、布施ちゃんは何かをつかんで来るはずよ」

「そんなに期待しないほうがいいと思うけどね……」

「今まで、布施ちゃんが期待を裏切ったことがある？」

そう言われて、鳩村はしばらく本気で考え込んだ。

恵理子があきれたように言った。

「『ニュースイレブン』は、布施ちゃんのおかげで、夜のニュースショーのトップの座をキープしているんですからね」

「まあ、それだけじゃないがね」

鳥飼が言う。「香山恵理子ファンのおかげでもある」

「それと、鳥飼さんのロマンスグレー」

「そう。それもある」

「とにかく……」

鳩村は、パソコンの画面を見つめて言った。「これからどんなことが起きるか、油断せずにいることですね」

「わかってる」

鳥飼が言う。「じゃあ、俺はこれで引き上げるよ」

彼が去ると、恵理子が鳩村に言った。

「もし、檀秀人に対するネガティブキャンペーンが、檜町公園の殺人事件と関係あるとしたら、どういうことが考えられるかしら？」

「さあな……。だが、茂里下組が関係していることは間違いない。被害者の片山は茂里下組と深く関わっていた」

鳩村はこたえた。「週刊誌では、檀秀人と茂里下組組長の茂里下常蔵の交友関係を問題にしていた。でも、今日発表した写真で、檀秀人だけでなく、宮崎大樹も茂里下組組長と面識があったことが、明らかになったわけだ」

恵理子が言った。

「たしか、檀秀人と宮崎大樹は、同じ選挙区だったはずね。故郷がいっしょということかしら」

「政治部の連中に確認しておく。おそらく、出身地が同じ佐賀県なのだろう」

「茂里下組組長は？」

「わからん。それは、社会部のやつにでも訊《き》いてみるかな……」

「もし、その三人の出身地が同じだとしたら、地元で何らかのつながりがあったと考えていいわね」

「そうかもしれない」

「そこまでわかったら、からくりがわかりそうなもんだけど……」

「どんなからくりが……？」

「これ、前にも言ったと思うけど……」

恵理子が言った。「宮崎大樹と茂里下常蔵が何か悪事を働いて、それを檀秀人が知っていた。それで、宮崎大樹が檀秀人の失脚を狙ってネガティブキャンペーンを始めた……」

鳩村は、思わず失笑してしまった。

「何がおかしいのかしら?」

「いや、失礼。世の中は、そんなに単純じゃないだろう。今わかっているのは、三人が同じ写真に写っていて、その写真がトリミングされて、檀秀人のネガティブキャンペーンに使われた……。それだけのことだ」

恵理子は、思案顔で言った。

「でも、そういうことは起こり得るわよね。特に、地方都市では地縁が重視されるから」

鳩村は、恵理子の言葉について考えていた。たしかに、東京にいたら想像もつかないことが、地方では起こり得る。

地方を差別しているわけではない。東京には、故郷を離れて暮らしている人が多い。それだけ土地のしがらみがないのだ。地方に行くと、因習や約束事が今でも色濃く残っているのに驚かされることがある。

地方の人々は、そういう世界で暮らしている。そして、全国から選ばれる国会議員は、地元に戻ればそうした土地のしがらみを無視することはできないのだ。

　鳩村は言った。

「写真に写っていた三人が、檜町公園の殺人事件に、関与しているのかいないのか、まだ、もし関与しているとしたら、どう関与しているのか。そういう事実は、まだまったく明らかになっていない。君もキャスターなのだから、うかつな発言はひかえてくれ」

　恵理子はうなずいた。

「その点は、充分に心得ているわ。焦らなくても、布施ちゃんがちゃんと調べてくれると信じているから」

「だといいがな」

　鳩村は、あの写真に対する今後の反響を懸念しながら、そうつぶやいた。

16

黒田に、店屋物《てんやもの》の夕食を注文しろと言われたときに、谷口は、今日も長時間の残業を覚悟した。

組対《そたい》四課から席に戻り、それからずっと過去の捜査資料と睨《にら》めっこをしていた。夕食後も、同様だった。

黒田は、疲れを知らないようだ。おそらく、彼の頭の中では、いろいろな断片が結びつきつつあるのだろう。

そういう状態になると、寝食を忘れることすらある。刑事というのは、そういうものだ。残念ながら、谷口は、まだその境地に至っていない。

だいたい、今回の事件のことも、何が何だかわからない。もし、全体像が把握できたとしても、今の黒田のように熱心に捜査する気にはならないのではないだろうか。

自分の刑事としての資質に疑問を抱いてしまう。

警察官になるには、それなりの覚悟がいる。警察学校でもそう教わった。その後のさまざまな研修でも、警察官としての自覚を促される。

それはちゃんと理解していたし、それなりの自覚を持っているつもりだった。だが、刑事は、それだけでは足りないのだと、黒田を見ていると、つくづく思う。

もちろん、黒田のような刑事ばかりではないだろう。彼と組むことになったのは、幸運なことなのだろうか、それとも、不幸なことなのだろうか。

谷口は、そんなことを考えてみた。

もちろん、将来のことを考えればいいことに違いない。だが、こうして連日夜遅くまで残業を強《し》いられるのはつらい。

捜査に積極的になれれば、それほどつらいとは感じないはずだ。まだ、自分の事案だという意識が足りないのだと、谷口は思った。

黒田が、伸びをして立ち上がった。ようやく帰宅するつもりになったのだろうか。そう思い、谷口がそっと様子をうかがうと、彼はテレビに近づいて行った。

谷口は、時計を見た。もうじき午後十一時だ。

『ニュースイレブン』を見るつもりだな……。

そう思い、谷口もテレビの前に行くことにした。他の係の当番もそばにいた。

いつものとおり、ヘッドラインが流れ、ＣＭが入る。いくつかニュースが流れ、またＣＭになった。

谷口は、ぼんやりと画面を見つめていた。黒田も同様だ。特別に何かを期待しているわけではなさそうだ。休憩のつもりなのかもしれない。

ＣＭが終わり、香山恵理子が映し出される。彼女が言った。

「ここで、皆様にご覧いただきたい、二枚の写真があります。まずは、こちらです」

当番の刑事が、鼻で笑いながら言った。

「何だ、この写真なら週刊誌で見たぞ。モザイクなんかかけやがって……」

布施が言っていた写真だろう。続いて映し出された写真を見て、当番の刑事は沈黙した。

谷口は、しばらくその写真の意味がわからずにいた。ニュースキャスターたちが説明を続ける。

それでようやくどういうことなのか理解できた。週刊誌は、事実を歪曲《わいきょく》して伝えたということだ。

「そういうことだったのか……」

黒田がつぶやいた。

谷口は言った。

「マスコミがよくやる手ですよね。でも、その媒体の批判をして、『ニュースイレブン』、だいじょうぶなんでしょうかね？」

黒田は、じっとテレビの画面を見つめたまま言った。

「そんなことはどうでもいい。布施は、このことを言っていたんだ」

「ええ、この写真のことですよね」

黒田は、苛立《いらだ》ったように谷口を見て言った。

「そうじゃない。布施は、この写真をもとに、政治家同士の足の引っ張り合いが、殺人に関係しているかもしれないということに気づいたんだ」

当番の刑事が、怪訝《けげん》そうな顔で黒田を見た。興味深げな顔、と言い直してもいい。それに気づいた黒田は、テレビの前を離れて自分の席に戻った。

谷口は、そのあとを追った。席に着くと、谷口は尋ねた。

「あの写真をもとに、政治家同士の足の引っ張り合いが、殺人に関係しているかもしれないと気づいたって、いったい、どういうことなんですか？」

黒田は、抑えた声で言った。

「いいか、酒井の話を思い出してみろ。ヒットマンによる茂里下組組長の殺人未遂があり、そのヒットマンは報復として殺された。それでも、ヒットマンを送った関西の組と、茂里下組との間に揉《も》め事《ごと》はなかった。おそらく、それなりの人物が、間に立って話をつけたに違いないと、酒井は言っていた」

「はい……」

「俺は、もしかしたら、それが檀秀人だったんじゃないかと思っていた。週刊誌に載った写真には、檀秀人と茂里下常蔵が並んで写っていたんだからな……」

「はあ……」

「だがそれじゃ、なんだかすっきりしないんだ」

「すっきりしない……？」

「檀秀人は、マスコミから叩《たた》かれていた。それが、野党のネガティブキャンペーンなんだ。にもかかわらず、檀秀人は沈黙を守っていた……」

「檀秀人が、ヤクザ同士の間に立って口ききをしたということを、誰かが知っていて、そのためにネガティブキャンペーンを始めたんじゃないですか？」

「だったら、その事実を公表するだろう。そのほうがダメージが大きい」

谷口は考えた。

「たしかにそうですね。あんな写真を出しておきながら、そんなことはまったく報道されていない……」

「今日、『ニュースイレブン』で公表された写真を見て、ようやくすっきりと筋が通ったような気がする」

「どういうふうに……？」

「手打ちを仕切ったのが、この写真に写っているもう一人の政治家だったとしたら、うまく説明がつく」

「もう一人の政治家が……？」

「そうだ。もし、そうだとしたら、その政治家は、茂里下常蔵と深いつながりがあったと考えるべきだ。そして、檀秀人はそのことを知る立場にあった」

「もう一人の政治家は、檀秀人を恐れて、彼の失脚を狙ったと……」

「そのほうが、ずっとリアリティーがある。檀秀人が、暴力団同士の抗争を調停した、なんて話よりもな……」

「あの写真に写っていた、もう一人の政治家って……？」

「檀秀人を攻撃している中心人物は、誰も明らかにしたわけじゃないが、世間の人は知っている」

「宮崎大樹ですね？」

「あの写真……。モザイクがかかっていたが、雰囲気でわかる。間違いなく宮崎大樹だ。彼は、檀秀人と同じ選挙区だ」

「つまり、茂里下常蔵の出身地と同じく佐賀県……」

「地元に行きゃあ、何かがわかるはずだが、出張なんて認められないだろうなあ……」

「どうしてです？」

「あほか、俺たちが捜査しているのは、木田昇殺害の件だ。片山殺害の件を捜査しているわけじゃない。しかも、宮崎大樹と茂里下常蔵の関係を洗ったって、それが直接殺人に関係あるかどうかもわからない。理由が曖昧《あいまい》なのに出張を許してなんてくれないよ」

「でも、何らかの関わりがあることは明らかなんでしょう？」

「マルBと政治家の関係なんて、おいそれと探り出せるもんじゃない。時間と手間がかかるんだ」

「じゃあ、どうするんです？」

「それを専門にしている連中がいるんだ。彼らに訊《き》けばいい」

「それを専門にしている連中？」

「政治家の汚職のことなら二課、マルBのことなら酒井たち組対四課に訊けばいいんだ」

「もう一度、酒井さんに話を聞く必要があるということですか？」

「それと、布施だ。あいつは、きっと宮崎大樹と茂里下常蔵の関係について、すでに調べはじめているに違いない」

黒田は、携帯電話を取り出した。

谷口は尋ねた。

「布施さんに電話するんですか？」

「ああ、あいつのことが心配だしな」

「心配……？」

「片山を消したやつらは、宮崎大樹と茂里下常蔵の関係を世間に知られたくはないはずだ」

「布施さんにまで手を出しますかね？」

「わからん。だが、用心に越したことはない。事実、片山を殺しているんだからな」

黒田は携帯を耳に当てる。すぐにつながったようだ。二言三言、話をして電話を切った。

黒田が立ち上がった。

谷口は尋ねた。

「どこに行くんですか？」

「『かめ吉』だ」

「そこに布施さんがいるんですか？」

「後で顔を出すと言っていた。さあ、一杯やりに行こう」

黒田は出入り口に向かい、谷口は慌ててあとを追った。

布施がやってきたのは、十一時四十五分頃のことだ。まだ『ニュースイレブン』は終わっていない。

黒田は、いつもの奥の席に陣取った。谷口は向かい側に腰かけていたが、布施が現れたので、黒田の隣に移動した。

布施は、今まで谷口が座っていた席に腰を下ろした。

黒田が言った。

「『ニュースイレブン』見たぞ」

布施は生ビールを注文してから、黒田にこたえた。

「それは、どうも……」

「まだ、番組の途中じゃないのか?」

「俺、記者ですからね。番組が始まったら局でやることなんてないんですよ」

黒田は声を落とした。

「あの写真を見て、あんたが考えていることが、ようやくわかった気がする」

「へえ、黒田さんて、人の心が読めるんだ」

「そういう話じゃないよ。あんたは、政治家のネガティブキャンペーンに興味を持っていると言っていた。そのキャンペーンの旗振りが誰だか、世間の人は知っている。暴力団組長を挟んで、両側にその政治家たちが写っていた……」

黒田は、固有名詞を出さないように気をつけている。誰が話を聞いているかわからない。

生ビールが運ばれてきて、布施は一口飲んでから言った。

「それについて、俺が何を考えていると思うんです？」

「写真に写っていた三人の出身地は同じだ。その地元で何かがあった。おそらく、週刊誌に掲載された写真からカットされていたほうの政治家と暴力団組長の間で……。それを、マスコミから批判されているほうの政治家が知っているわけだ。仮に批判にさらされているほうの政治家をA、写真からカットされていたほうの政治家をBとしよう。BはAのことを恐れていた。Aがそのことについて何か発言すれば、Bの政治生命に関わる」

布施は、世間話をするような口調でこたえた。

「たしかに俺も、そういう仮説を立ててみましたよ。でもね、BがAに対して攻撃をすれば、逆効果になるんじゃないかと思ったんです」

「逆効果？」

「Bが黙っていれば、Aも沈黙を守るはずです。お互いに泥仕合になるのは避けたいでしょうからね」

黒田はその言葉に、考え込んだ。

谷口は言った。

「だから、ネガティブキャンペーンだったんじゃないですか？」

黒田と布施が同時に谷口のほうを見た。谷口は、うろたえた。

「あ、すいません。話に割り込んで……」

黒田が言った。

「だから、ネガティブキャンペーンだった、というのは、どういうことだ？」

「Bが表立ってAを批判したわけじゃありません。あくまでも、マスコミがさまざまなスキャンダルを報道しただけでしょう。そこで、Aが逆襲に出れば、形の上では、Aが一方的にBを批判しているように見えますよね？」

黒田が、布施を見た。

布施は、かすかにほほえんでいる。

「なるほどね」

彼は言った。「さすがは刑事さんだね。囲碁か将棋のように、何手か先を考えなければならないんだ……」

黒田が布施に言った。

「それくらいのことは、あんたなら、とっくに考えていたはずだ。俺たちを試したんだな？」

「試しただなんて、とんでもない。こうして話し合うことで、はっきりしてくることって、あるじゃないですか」

「じゃあ、今の谷口の話に、あんたは納得するんだな？」

布施がうなずいた。

「充分に納得できますね」

「そして、今回の殺人の被害者が、その三人の間で何があったかを知っていたということなんだな？」

黒田の質問に、布施の表情が曇る。

「片山さんが何を知っていたか、それは謎のままなんです」

黒田が布施を睨んだ。

「おい、固有名詞はよせ」

「どうしてです？　噂話《うわさばなし》をしているだけでしょう？」

「俺たちが、あんたに捜査情報を洩《も》らしていると思われるんだよ」

「だって、黒田さん、その件の担当じゃないんでしょう？」

「担当している事案と関係しているかもしれない。あんただって、誰かにスクープを奪われるかもしれない」

「そんなこと、考えたこともないですね」

本当にそうなのかもしれないと、谷口は思った。

「だが、写真に写っていた三人についての何かであることは間違いない」

黒田が言うと、布施がうなずいた。

「俺もそう思いますね」

「現地に行く気はないのか？」

「現地って、政治家たちの地元ですか？」

「そうだ」

布施はかぶりを振った。

「いや、行く気はないですね」

「どうしてだ？　特ダネが拾えるかもしれないぞ」

「系列局がありますし、その出来事自体に興味はありませんから……」

「興味はない？」

「そう。俺が興味を持っているのは、あくまで、ネガティブキャンペーンがどんな形で行われるか、です。だから、今日番組であの写真を放映したことで、ある程度の目的は達成したことになります」

「殺人には興味はないのか？」

「すでに第一報は流しましたから……」

どこまで本音なのだろう。

谷口には判断がつきかねた。

黒田が何か言おうとしたとき、テーブルの脇に誰かが立った。谷口は、顔を上げた。

藍本だった。

彼は、布施に向かっていきなり言った。

「やっぱり、あんたは知っていたんだな」

布施は、何事もなかったような顔でこたえる。

「何のこと？」

「あの写真は、どこから入手したんだ？」

「ニュースソースは明かせないよ。そんなの常識だろう」

「あの三人の写真を、番組で公開するということは、あんたは、やっぱり片山さんが殺された理由について知っていたということだ」

布施は、かぶりを振った。

「俺は何も知らない。あんたのほうが、ずっとよく知っていると思うよ」

谷口は、周囲を見回した。店内には、記者や他の部署の刑事もいる。藍本と布施のやり取りを気にしはじめた者もいる。

藍本がさらに言った。

「俺は、記事を書いて金を儲《もう》けたいなんて考えているわけじゃない。片山さんの遺志を継ぎたいだけなんだ」

「だから、それは勝手にやればいいでしょう。片山さんの遺志なんて、俺は知らないよ」

黒田が藍本に言った。

「おい、話がしたいんだったら、俺が相手をするぞ」

藍本は、ちらりと黒田を見てから言った。

「警察に話すことはもうない」

「そうかな?」

黒田が言った。「俺は、あんたに訊きたいことがけっこうあるんだがな」

藍本は、黒田を見つめた。

「ここじゃ落ち着いて話ができない。ちょっと付き合ってもらおうか」

黒田がそう言って、立ち上がった。

17

「わかった」

藍本は言った。「話をしよう」

この言葉は、谷口にとって少々意外だった。警察に話すことはもうない、と本人が言ったばかりなのだ。

布施が言った。

「俺も行っていいかな？」

黒田がしばらく考えてからこたえた。

「もともと藍本さんは、あんたと話をしに来たんだからな。来るなとも言えないな……」

なんだ、結局、黒田さんも、俺と同じことをするんじゃないか。

谷口はそう思った。平井に話を聞きに行ったときに、布施を同席させたことだ。

たしかにあのとき、黒田はそのことをとがめなかった。しかし、普通では考えられないことだと思っていた。

特定の記者だけに、特別な情報を与えることになってしまう。

もっとも、すべての記者を公平に扱うなどということはできない。夜討ち朝駆けにやってくる記者に、つい気を許してしまう刑事がいることも事実だ。

だが、どんな刑事だって、聞き込みのときに記者を同行させることはないだろう。黒田は、藍本から話を聞くことを、捜査とは思っていないのだろうか。

それとも、布施は特別だということなのか。

谷口に、黒田の気持ちがわかるはずもなかった。

黒田は、『かめ吉』を出ると言った。

「話をする場所は、俺に任せてくれるか?」

藍本がこたえる。

「任せる」

黒田は新宿通りに出て、さらに通りを渡った。

黒田の目指す場所に気づいた様子で、藍本が言った。

「おい、俺をどこに連れて行くつもりだ」

「場所は任せると言っただろう?」

黒田は明らかに、麹町《こうじまち》署に向かっていた。

「冗談じゃない」

藍本が言った。「俺は、任意同行に従うと言った覚えはない」

「任意同行なんかじゃない。邪魔の入らない場所で話がしたいだけだ」

黒田は、正面玄関で立ち番をしている署員に警察手帳を開いて見せた。

「ちょっと、場所を借りたい」

立ち番は、戸惑ったように言った。

「ええと……。受付に言ってください」

黒田は、受付の前を素通りして、エレベーターに乗り、刑事課にやってきた。知り合いの刑事を探している様子だ。目的の人物を見つけたらしい。中年刑事に近づいて声をかけた。

「ちょっと、話ができる場所を貸してほしい」

中年刑事は、驚いたように顔を上げた。

「クロか……。何だ？　場所を貸せって、どういうことだ？」

「事情を聞きたいやつがいるんだが、こういうことは本部庁舎よりも所轄のほうがやりやすいんでな」

「この時間だ。どの部屋も空いてるよ。好きなところを使えばいい」

黒田は谷口に言った。

「適当な部屋を見つけてこい」

「はい……」

麴町署など、これまで来たことがない。だが、警察署はどこも似たり寄ったりの構造なので、テーブルがある小部屋を見つけることができた。

奥には段ボールが積まれており、何やら汗臭い。体育会の部室のような臭いだ。だが、それはたいした問題にはならないだろう。

黒田はその部屋に満足したようだ。パイプ椅子に腰を下ろした。布施も何も言わず黒田から離れた場所に座った。あくまでも、黒田と藍本の会話を聞くという姿勢だ。

谷口は、布施の近くに座る。

藍本は、最後まで戸口に立っていたが、黒田にうながされて、パイプ椅子に腰かけた。黒田のすぐ近くだ。

「訊《き》きたいのは……」

黒田が言った。「あんたが、何を知っているのか、だ」

「知っていることは、もう話した」

「じゃあ、あんたは、布施が何を知っていると思っているんだ？」

藍本は何も言わない。

「もちろん、無理に話せとは言わない。だが、俺たちは素人じゃない。いろいろなことに対応できる。話しておいたほうがいいんじゃないのか？」

　藍本が言った。

「取り調べのようなことをされて、話す気にはなれないな」

「なんなら、本当に取調室に連れて行ってもいいんだ。ここよりはるかにプレッシャーがあるぞ」

「そういうことを言われると、ますます話す気がなくなるな」

「もったいぶる必要はないんだ。あんたは、片山が何かを知っていたがために消されたと思っている。その何かを、布施が知っていると考えていたんだろう？」

「布施が何を知っているかは、本人に訊きたい」

　黒田はかぶりを振った。

「この人は、片山のことについては何も知らないよ。本人が言っているとおりだ。ただ、檀秀人に対するネガティブキャンペーンに興味を持っただけだ」

「檀秀人に対するネガティブキャンペーン……？」

「仕掛け人は、宮崎大樹だ。彼らが、茂里下組組長といっしょに写っている写真を『ニュースイレブン』で見て、『かめ吉』にすっ飛んで来たんだろう？　つまり、あんたは、知っているというわけだ」

「何を？」

「檀秀人、宮崎大樹、茂里下常蔵の三人の関係をだ」

「どうして俺が知っていることになるんだ？」

「あんたは、『かめ吉』で、布施にこう言ったんだ。『やっぱり、あんたは知っていたんだな』……。あの写真を見て言ったことだ」

藍本は再び沈黙した。

黒田が口調を変える。

「なあ、俺たちは敵じゃないんだ。さらに言えば、俺たちは片山の事件を追っているわけじゃない。木田昇というヒットマンが殺害された事件を調べているんだ」

藍本の表情が曇った。

「木田昇……」

黒田が、かすかに笑った。

「どうやら、木田昇のことも知っているようだな」

藍本が眼《め》をそらす。何も言わないが、黒田が言ったとおりだということを、その態度が雄弁に物語っている。

黒田が言った。

「前に話を聞いたとき、あんたは、木田の茂里下組組長襲撃事件の記事を知らないと言った。片山が書いた『週刊リアル』の記事だ。それはおかしいと、俺は思った。それで、あんたは何かを隠しているんじゃないかと思ったわけだ」

「俺は何も……」

「言っただろう。俺たちは敵じゃない。だが、あまりに隠し事が多いと、敵に回らざるを得ないかもしれないんだ」

藍本は、抗議の姿勢を見せたが、言葉が見つからないらしく、諦めたように眼を伏せてしまった。

黒田が話を続けた。

「木田は、出所した後、居場所を厳しく秘匿《ひとく》されていた。なにせ、親分を襲撃したんだからな。茂里下組の連中が出所を待ち受けていたはずだ。やつらに居場所を知られるわけにはいかなかった。組対《そたい》四課も慎重だった。だが、結局、木田は殺害されてしまった。組対四課に聞いたんだけどね、殺《や》ったのは間違いなく茂里下組の関係者だ。どういうわけだか、居場所を知られてしまったんだ」

黒田は、そこでいったん言葉を切った。藍本は下を向いたままだった。何事かしきりに考えている様子だ。

黒田はさらに言った。

「俺はな、何度も片山が書いた『茂里下組組長襲撃事件』の記事を読んだよ。当事者にしか知り得ないような詳細な記述があった。どうして、そんな記事が書けたんだろうと考えた。そして思ったんだ。片山は、木田と面識があったんじゃないか、と……」

藍本が顔を上げた。

「刑事ってのは、たいしたもんだ……」

「そうだよ。一般人が思っているよりも、ずっと頭が切れるんだ」

「片山さんは、木田に会ったことがあった。公判も見に行っていたし、刑務所にも会いに行っていた。片山さんてのは、人たらしのところがあってね……。他人に取り入るのがうまいんだ。木田ともけっこううまくやっていたようだ。だから、木田が出所した後も、連絡を取り合っていたかもしれない」

「かもしれない……？　確実な話じゃないのか？」

「片山さんだって、ジャーナリストだったんだ。そういうところは口が堅い」

「誰か、その件について知っていそうな人はいないのか？」

藍本は、しばらく考えてからこたえた。

「『週刊リアル』の平井さんか編集長なら知っていると思う」

「なるほどね……。木田の居場所を、茂里下組に洩《も》らしたのは、片山なのか？」

藍本は、じっと黒田を見据えた。

「俺は知らない」

「今さら、そんな……」

「だが、そう思っている」

黒田と藍本は、しばらく無言で顔を見合っていた。

やがて、黒田が言った。

「茂里下組とさらに深く関わるために、木田を犠牲にしたということだな？」

藍本は肩をすくめた。

「片山さんは、そういう人だった……」

「そういう人……？」

「目的のためなら、何でも利用する人だった。貪欲《どんよく》でね、他人を押しのけることを何とも思っていなかったな」

「先輩として慕っていたんじゃないのか？　たしか、そんなことを言っていたと思うが……」

「そう言っておけば無難だと思った」

「きれい事で済まそうと思ったわけか？」

「まあ、そういうことだ。片山さんだって、木田が殺されるとは思っていなかったかもしれない」

「ヤクザに親分を襲撃したやつの居場所を教えたんだぞ。どうなるかは容易に想像がついたはずだ」

藍本は、また肩をすくめた。

「俺にそんなことを言われてもな……」

「そりゃそうだな……」

黒田は、不愉快そうだった。「木田の居場所を教えることで、片山はいっそう茂里下組に近づくことができたわけだな？」

「……というより、縁が切れなくなっちまったということだろうな。片山さんは茂里下組の誰か、あるいは組に関係する誰かが木田を殺したことを知った。茂里下組からは逃げられなくなったってことだ」

「それは、以前よりも付き合いが深まったということだ。それで、今まで知らなかったようなことまで知るようになった……」

「はっきり言うと、利用されるようになったということだがな」

「それで、やっとわかったよ」

突然、布施が言った。

黒田と藍本が同時に布施のほうを見た。

「何がわかったんだ？」

黒田が尋ねると、布施がこたえた。

「あの写真ですよ。週刊誌に、例の写真を提供したのは、片山さんだということはわかっていたんです。でも、どうして片山さんがそんなことをしたのかがわからなかった……」

黒田が思案顔のまま言った。

「つまり、片山も檀秀人に対するネガティブキャンペーンの片棒を担いだというわけだな」

「茂里下組に言われてやったんでしょうね。写真の入手先は、間違いなく茂里下常蔵ですから……」

「檀秀人に対するネガティブキャンペーンは、宮崎大樹が絵を描いて、茂里下組が実際に動いていたということだな？」

「茂里下組は、キャンペーン全体のごく一部を担ったに過ぎません。キャンペーンは、マスコミを巻き込んだ大がかりな仕掛けが必要ですからね」

黒田と布施のやり取りを聞いていた藍本が言った。

「何を言ってるんだ。ネガティブキャンペーンだって？　片山さんは殺されたんだ。殺人事件なんだぞ」

黒田が藍本に言った。

「言っただろう。俺は、片山の件を担当しているわけじゃない。そして、布施も殺人自体に興味があるわけじゃない」

藍本は、むっとした顔になった。

「じゃあ、どうして俺から話を聞こうなんて言い出したんだ?」

「木田のコロシに関係があると睨《にら》んだからさ。実行犯を特定できなくても、茂里下組組員の犯行だとわかれば、茂里下常蔵の使用者責任を問うことができる。つまり、しょっ引《ぴ》けるんだよ」

谷口は、それを聞いて思った。

それが可能なら、殺人犯係や組対四課がとっくにやっているだろう。

実行犯は、巧妙に茂里下組と切り離されているのだ。

「それにな……」

黒田が続けて言った。「布施が関心を持っているネガティブキャンペーンだって、もともとは、政治家同士の確執から始まっている。そして、さらに大本を探っていけば、出身地での、檀、宮崎、茂里下の三つ巴《みどもえ》の関係が見えてくるかもしれない」

「つまりね」

布施が藍本に言った。「木田昇殺害事件がなければ、片山さんが政治家とヤクザの世界に関わることはなかったということだね」

藍本は、じっと布施を見つめていた。

「本当に、片山さんが何をつかんでいたのか知らないのか?」

「知らない。あんたは、知ってるの？」

藍本は布施から眼をそらした。

「知ってりゃ、あんたに話を聞きに来たりはしない」

「でも、見当はついているんでしょう？　過去に佐賀で彼らの間に何かがあったんだって……」

藍本は、顔をしかめた。

「おい、俺はあんたに話を聞きに来たんだぞ。俺のほうから何かを話す必要なんてない」

「必要はある」

黒田が言った。「あんたがさっき言ったとおり、殺人事件なんだ。俺は何が何でも被疑者を特定して身柄確保したい。身柄確保したい」

「あんたが身柄確保したいのは、木田昇殺害の犯人だろう？」

「そのためには、片山の事件を調べなければならないと思っている」

「そして、俺は」

布施が言った。「檀秀人失脚を狙うネガティブキャンペーンの背後に何があるのかを知りたいと思っている」

黒田が藍本に言った。

「俺と布施は利害が一致している。あんたとも、そうなれると思っているんだがな……」

「警察と利害が一致するだって？　そんなことは考えたこともないな」

「なら、今から考えるんだな」

「俺は、誰ともつるまない」

布施が藍本に言った。

「片山さんが握っていたネタを、そのまま自分のものにしたいからでしょう？」

「そうだ」

藍本は、開き直ったようにはっきりとこたえた。「それが悪いか？　あんたみたいに放送局から給料をもらっているわけじゃない。ネタがそのまま金になるんだ」

「でも、そのために危ない目に遭うなんて、割に合わないんじゃない？」

「大きなネタをつかむためには、多少危ない橋も渡らなきゃならないんだよ」

「そのために、命を落としても？　命あっての物種って言うじゃない」

「命を落とすだって……？」

「実際に、片山さんは殺されたんだ。当然、あんたも狙われると考えたほうがいい。警察を味方につけておくのは得策だと思うよ」

「警察は事件が起きるまで何もしてくれないよ。俺が狙われているとしても、殺された後でないと本腰を入れない」

「心外だな」

黒田が言った。「俺たちは、できるだけのことはする」

「刑事たちはいつも事件を抱えていて手一杯だし、地域課はできるだけ雑事に関わらないようにして、勤務時間が終わるのを待つ。そうじゃないか？」

「言い訳はしない。だが、これだけは言える。俺たちを味方につけていて、損はないはずだ」

藍本は、しばらく無言で考えていた。その間、誰も口を開かなかった。

いろいろなものを、頭の中で天秤《てんびん》に掛けているのだろうと、谷口は思った。藍本一人では、できることに限界がある。だから、二度も布施に会いに来たのだろう。

布施や黒田と手を組むことは、藍本にとってもメリットがあるはずだ。だが、ネタを独り占めにするのは難しくなる。

長い沈黙だった。

やがて、藍本が言った。

「俺も死にたくはない。あんたらと手を組むことで、安全が保証されるというのなら、それも悪くない」

黒田が言った。

「じゃあ、あんたがどこまで知っているのか話してくれ」

「亡くなる直前、片山さんは、茂里下組について、誰もできないような取材を続けていた。組長が飲みに行くのに付き合ったりしていたんだ」

「茂里下組長に信頼されていたということかな……」

「……というより、首根っこをしっかりつかまれていたという感じだろうな。たしかに、茂里下組に関しては、他の誰も知らないようなことを知っていた。でも、記事の内容は、茂里下組や組長を持ち上げるようなものがほとんどだった」

「まあ、『週刊リアル』自体がマルBの業界誌みたいなもんだからな」

「そういう関係を続けていると、知らなくてもいいことまで、知ってしまうことがある」

「片山が、茂里下組長の秘密を知ってしまったということだな？　どんな秘密なんだ？」

藍本がかぶりを振った。

「知らない」

「おい、俺たちは手を組むんじゃなかったのか？」

「本当に知らないんだ。だが、あんたたちの話を聞いていて、だいたい見当がついた。茂里下組長がまだ佐賀にいた頃の出来事で、それにはおそらく宮崎大樹が関わっている」

「檀秀人も同じ佐賀の出身だ。彼も関わりがあるとは考えないのか？」

「檀秀人は、市民派だ。支持母体も市民運動などの団体で、暴力団との関わりは考えにくい。一方、宮崎の家は観光業と称して飲食店や旅館などを経営している。先々代は、炭鉱会社の支社長をやっていた。ヤクザと因縁《いんねん》があっても不思議はない」

黒田は、ちらりと布施を見た。布施は何も言わない。

黒田が藍本に言う。

「なるほど……。茂里下常蔵と宮崎大樹との間にある秘密を、檀秀人が知っているとしたら、宮崎が必死なのもわかるような気がする。つまり、檀秀人がいつその手札を切るかわからないので、常に冷や冷やしていなければならない」

藍本が黒田に尋ねた。

「警察では、茂里下と宮崎の関係について、詳しく知っているんじゃないのか？」

「知っているやつがいるかもしれない」

黒田はこたえた。「二課とか組対四課あたりにな。当たってみるよ」

その一言が、話し合いの終わりの合図となった。

18

午前十時頃、油井報道局長から携帯電話に連絡がきて、鳩村はうんざりとした気分になった。

非番の日に油井の声は聞きたくない。だが、出ないわけにはいかない。

「はい、鳩村です」

「数字を見たぞ」

視聴率を見たという意味だ。「二桁に乗せたな。瞬間視聴率は十三を超えた」

「はあ……」

「よくやった。やればできるじゃないか。あの手の衝撃の発表はもうないのか？」

「そうそういいネタは転がってませんよ」

「君の班は、布施のおかげで何度もスクープをものにしている。そして、昨日の快挙だ。この調子でやってくれ」

電話が切れた。

現金なものだ。

油井は、根っからのテレビマンだ。だから、骨の髄まで視聴率のことが染みついている。報道の姿勢という問題よりも、視聴率のほうが重要と考えているようだ。

さらに、報道はスクープ合戦だとはっきり言い切る。

鳩村は、そのこと自体は否定しない。テレビのニュース番組でも新聞社でも、スクープは手柄になる。

だが、それだけではだめだと、報道一筋の鳩村は思う。報道には責任が付随する。ニュースを流しっぱなしではいけないと、鳩村は考えているのだ。

油井からの電話をきっかけに、そんなことを考えていると、再び携帯電話が鳴った。

「はい、鳩村」

番組のディレクターの一人からの電話だった。

「お休みのところ、すいません。ちょっと局に出て来ていただくわけにはいきませんか？」

「どうした……？」

「昨日の写真について、話を聞きたいという人がいらしていて……」

「そんなことに、わざわざ私が行かなきゃならないのか？」

「できれば来ていただきたいのですが……」

妙だな、と思った。

それくらいの対応は局にいる人間で充分可能なはずだ。わざわざ非番のデスクを呼び出すことはないはずだ。

だが、来てくれと言われたら断れない。

「わかった。すぐに向かう」

「布施にも連絡を取ってあります。布施も、こちらに向かうと言っていました」

布施まで呼び出しているのか。いったい、どういうことだ。

鳩村は、訝《いぶか》しく思いながら外出の準備を始めた。


話を聞きに来た客というのを一目見て、呼ばれた理由が理解できた。

その男は、いかにも高級そうなスーツを着ている。靴もぴかぴかだ。髪は、たった今、理髪店から出て来たばかりのようにきっちりと整っている。

だが、いかにいいものを身につけていても、素性を隠すことはできない。細く刈った口髭《くちひげ》と、淡いブルーのレンズの眼鏡が、下品な印象を強調している。

さらに、若い男を一人連れており、その若者は男の背後に立っていた。

「デスクの鳩村といいます」

相手は名乗らなかった。

「デスクというのは、番組の責任者ということですか？」

「正確に言うと、番組の責任者ではありませんが、報道するニュースの責任者です」

男は、鷹揚《おうよう》にうなずいた。

「つまり、昨日あの写真を放映したことについては、あなたが責任をお取りになるということですね？」

ここは腹をくくるしかないと、鳩村は思った。

報道局の連中は、彼らをフロアの隅にある応接セットに案内していた。男の前にあるコーヒーは手つかずで、すっかり冷えている様子だ。

低いテーブルを挟んで、男と向かい合って座った鳩村は、顔を上げた。

「はい。あの写真を放映したことについては、私に責任があります」

「いくつかうかがいたいことがあります」

「何でしょう？」

「あの写真を、どこで入手されましたか？」

鳩村は言った。

「そういう質問にはおこたえできないんです。ニュースソースや取材先の秘密を守らないと、我々は信用をなくすことになります。ジャーナリストにとって、ニュースソースの秘匿《ひとく》は絶対なんです」

「それは、医者や弁護士の守秘義務みたいなものですか？」

「義務ではありませんが、最低限の心得です」

「義務ではないのなら、お話しいただいてもいいはずですね」

「いえ、写真の入手先についてはお話しできません」

男は、じっと鳩村を見据えた。尻が浮くような不安を覚えた。だが、ここでうろたえるわけにはいかない。

鳩村だって、若い頃には多少の無茶はやったし、それなりの修羅場もくぐったつもりだ。ジャーナリストには、守らなければならない矜恃《きょうじ》がある。

「まあいい」

男が言った。「だいたい見当はついているんです。消去法でいくと、入手先は限られてくる」

あの写真に写っていた三人のことを言っているのだ。頭の中で誰を消去したかは、考えなくてもわかる。

つまり、この男は茂里下組の関係者であり、あの写真は、茂里下組から出たものでないことを知っているということだ。

茂里下組でないとしたら、宮崎大樹でもない。両者は同じ陣営にいるはずだから。

「どうしてあの写真を放映されたのか、その真意をうかがいたい」

男が言った。威圧的な態度だ。

鳩村は、負けじとこたえた。

「番組でキャスターが言ったとおり、我々は、偏った報道という問題を取り上げたかったのです。あの写真の一部分だけが週刊誌に掲載されたことがありました。それでは、誤った印象を一般の方々に与えかねません。そこで我々は、その写真を元の形で一般の方々にお見せすることにしたのです。あとのことは、視聴者の方々に考えていただきたかったのです」

男は、黙って最後まで鳩村の話を聞いていた。

「ところで、週刊誌にあの写真を提供したのは、誰か知っていますか？」

「知っています」

「その人物がどうなったかも……？」

「もちろんです」

「どうやら、ジャーナリストというのは、どなたも命知らずのようですね。ご自分の命が惜しくないのですか？　あるいは、ご家族の命とか……」

鳩村は、自分の顔色が失《う》せていくのを意識していた。男の態度は、あくまでも穏やかだ。だから、遠目には物騒なことを言っているようには見えないはずだ。

鳩村の眼《め》は、男の顔に釘付《くぎづ》けになっていた。それ以外のものは見えない。

そのとき、誰かが言った。

「片山さんは、別にあの写真を週刊誌に提供したから消されたわけじゃないでしょう」

鳩村は、はっと声のほうを見た。布施が、眠そうな顔で立っていた。

男が、訝るように布施を見上げた。

「あなたは……？」

「布施といいます。『ニュースイレブン』の記者をやっています。あの写真をデスクといっしょにもらいに行ったんです」

男は、布施を威圧しはじめた。

「デスクは、あの写真の入手先を教えてくれないんですがね……。あなたはどうです？」

「デスクが教えないものは、教えられませんね」

「さっき言われたのは、どういう意味です？　何とかという人が消されたのは、あの写真を週刊誌に提供したからではない、とか……」

男は、固有名詞を出さない。

自分の口から片山という名前は出したくはないのだ。後で、どういうふうに追及されるかわからないからだ。

因縁《いんねん》をつけることになれている連中は、手口を知っているだけに用心深い。

布施は、鳩村の隣に腰を下ろしてからこたえた。

「だって、あの写真は、片山さんが、茂里下組に命じられて週刊誌に持ち込んだものでしょう？ そして、茂里下組は、それを宮崎大樹のためにやったはずです」

「ほう、そうなんですか……」

男の眼が底光りする。

鳩村は背筋が寒くなった。布施は、こんなやつを相手にして、平気なのだろうか。そして、彼に片山や宮崎のことを話してだいじょうぶなのか。その判断がつかなかった。

布施はさらに言った。

「だから、写真を週刊誌に持ち込んだことで、片山さんが殺されたとは考えられない」

男は、しばらく黙っていた。ただ、それだけで無言の圧力を感じる。

やがて彼は言った。

「どこかの暴力団が、宮崎大樹のためにやったと言いましたね？」

「言いました」

「それは、なぜです？ どうして暴力団が、政治家のために何かをしなければならないのですか？」

布施は平然とこたえる。

「組長と宮崎大樹が、深くつながっているからだと思いますよ。あの写真はそれを物語っています」

「あの写真には、檀秀人も写っていました」

「そうですね。檀秀人とあの二人も少なからぬ因縁があるのかもしれません」

「なのに、あなたはその暴力団組長と宮崎大樹の関係だけを問題にされている。それこそ、偏った見方ではないですか？」

言葉は丁寧だが、態度は決してそうではない。

それまでずっと、男の威圧にびくびくしていた鳩村だが、そのときようやく布施の話の内容が頭に入りはじめた。

何だって……。片山が茂里下組に命じられて週刊誌に写真を持ち込んだ……。それは、どういうことなんだ。

鳩村は、布施に質問したくなった。

だが、ここは黙って二人の話を聞いていたほうがよさそうだと判断した。

布施がこたえた。

「そうは思いませんね。檀秀人に対してネガティブキャンペーンを仕掛けてきたのは、宮崎大樹のほうですからね。その仕掛けに乗ったマスコミがいたことが、どうしても我慢ならなかったんです」

「我慢ならなかった……？」

「マスコミは大きな影響力を持っています。それをちゃんと自覚していないと、たいへんなことになるんですよ。抜いた抜かれただけを考えていると、つい自分たちの影響力のことを忘れてしまう。その無自覚は罪ですらあります」

男は急にしらけたような態度になった。

「その何とかいう暴力団は、檀秀人のために動いていたのかもしれないじゃないですか」

「そんなはずはありません。だったら、週刊誌にああいう形で写真が載るはずがないんです」

男は、またしばらく考え込んでいた。苛立《いらだ》ってきた様子だ。

一方、布施は涼しい顔をしている。こいつの神経はどうなっているのだろう。

「マスコミというのは、やはりたいしたものだ。いろいろと面白い話が聞けました。できれば、もっと詳しく話を聞かせてもらいたいのですがね……」

布施は涼しげな顔のままこたえた。

「我々が知り得たことは、いずれ放送します。『ニュースイレブン』を見てください」

「いや、実に興味深い話です。あなたの口からいろいろと聞かせていただきたい。どうです？　これから、私とご一緒願えませんか？」

鳩村は慌てた。

相手は、明らかに堅気《かたぎ》ではない。いっしょに来いということは、事務所か何かに連れて行って、いろいろと詰問するということだろう。

鳩村は言った。

「それはできません」

男は鳩村を見た。

「なぜです？」

「報道する前に、記者が知り得た情報を他に洩《も》らすわけにはいかないのです」

「私はあなたに言っているわけではない。この布施さんという記者さんに言っているのです」

「私は記者の行動にも責任を持たねばならない」

組事務所なんかに連れて行かれたら、どんな目に遭うかわからない。

男は、布施を見て言った。

「どうです？　ご一緒願えませんか？」

鳩村が何か言う前に、布施が言った。

「いいですよ」

鳩村は、啞然《あぜん》として布施を見た。

布施が続けて言った。

「でも、俺、あなたがどこの誰か知らないんです。お名前すら知らない。教えていただけますか？」

「これは、失礼しました」

男は、後ろに立っている若い男に「おい」と言った。若者は、すぐに名刺入れを手渡した。

「申し遅れました。私は、こういう者です」

名刺に金箔《きんぱく》で大仰《おおぎょう》なマークが印刷されていた。「果弁社《かべんしゃ》」という政治団体らしい名前があり、「代表　城町《しろまち》昇毅《しょうき》」とあった。

布施が、ポケットから名刺入れを取り出し、名刺を相手に渡した。

馬鹿正直に名刺なんか渡す必要はない。そう思ったが、すでに布施の名刺は城町の手に渡っていた。

城町は、おもむろに立ち上がった。

「では、参りましょうか」

彼は、若者を引き連れて堂々と出入り口に向かう。布施がそれについて行こうとする。その腕をつかまえて、鳩村は言った。

「おい、どうするつもりだ？」

「どうするって、話をしたいというんだから、断れないでしょう」

「どんな目に遭うかわからないんだぞ」

「話をするだけですよ」

布施は歩き去った。

彼らが出て行くと、鳩村はすぐにスタッフの一人を捕まえて命じた。

「おい、果弁社という団体のことを調べろ。大至急だ」

それから、鳩村は考えた。

俺は、どうするべきなのだろう。このまま黙って布施の帰りを待っていていいのだろうか。

気ばかり焦って、頭が空回りをしているように感じていた。

19

どうして、俺もいっしょに行くと言えなかったのだろう。

鳩村はそう思い、猛烈に反省していた。布施一人を行かせるべきではなかった。いや、一人で、とかそういう問題ではない。そもそも、行かせるべきではなかったのだ。もし、行かせるのなら、鳩村も同行すべきだった。責任はデスクである鳩村にあるのだ。布施に万が一のことがあったら、クビだけでは済まない。鳩村は一生後悔しなければならないだろう。

どうすればいいんだ。

少しだけ冷静になってきた鳩村は、必死に考えていた。

ふと、布施が懇意にしている刑事のことが頭に浮かんだ。黒田だ。布施に紹介されて会ったことがある。たしか、鳩村の携帯電話にも、彼の電話番号が登録されていたはずだ。

鳩村は携帯電話の電話帳から、黒田の名前を見つけた。そして、すぐにかけた。

呼び出し音五回で、相手が出る。

「はい」

「TBNの鳩村です」

「ああ、布施さんの上司の……」

「その布施なんですが、ちょっと面倒なことになりそうでして……」

「何がありました？」

「果弁社の城町昇毅という男が局を訪ねて来て、昨夜放映した、暴力団組長と政治家たちがいっしょに写っている写真の入手先を教えろなどと言っていたのですが、それに布施が相手をして……」

「それで……？」

「城町という男が、もう少し話を聞かせろと言って、布施を連れて行ってしまったのです」

「いつのことです？」

「つい今しがたです」

「行き先は……？」

「わかりません」

「カベンシャのシロマチショウキですね……？　どういう字ですか？」

「果実の果に弁護士の弁、社会の社。城町は、城下町の城と町、昇毅は、昇進の昇に、毅然《きぜん》の毅です」

「クレームをつけてきたということですね？」

「そうです。明らかに暴力団系の雰囲気でした」

「わかりました」

「私もいっしょに行くべきだったのですが……」

「そんなことは考えないことです。じゃあ、急いで調べてみますんで……」

電話が切れた。

鳩村は、他にできることがないか考えてみた。

記者が持っている携帯電話は、ＧＰＳ機能で居場所が報道局で確認できるようになっている。それを活用すべきときだと、鳩村は思った。

鳩村は、そばにいた番組のディレクターに言った。

「ケータイのＧＰＳ機能で、布施の居場所を特定しろ」

ディレクターも状況を把握しているので、余計な質問はせずに、即座にこたえた。

「わかりました。すぐに手配します」

先ほど、果弁社のことを調べろと命じられたスタッフが戻って来て鳩村に告げた。

「果弁社は、政治結社です。城町昇毅は果弁社の代表で、恐喝等の前科があります」

「暴力団との関わりは？」

「政治結社は、たいていは暴対法逃れの隠《かく》れ蓑《みの》ですから、当然関わりはあると思いますが、詳しいことはわかりません」

「誰かそういうことに詳しいやつを捕まえて話を聞け。社会部あたりにいるはずだ」

「わかりました」

スタッフは再び駆けて行った。

鳩村は、先ほどのディレクターに尋ねた。

「布施の居場所はわかったか？」

「新宿方面に移動中です」

「停止したら、その場所を特定しろ」

「了解です」

警察だけに任せてはおけない。

鳩村は思った。

「俺も新宿方面に向かう。詳しい場所がわかったら、ケータイに連絡してくれ」

「え……」

ディレクターが驚いた顔をする。

「布施に何かあったら、俺の責任だからな……」

「だからって、一人で行くことは……」

「一人じゃない。布施がいるんだ」

「じゃあ、局の車を使ってください。そのほうが、なにかと連絡を取りやすいですから……」

「わかった」

それだけ言うと、鳩村は報道局を後にした。


「果弁社の城町昇毅というやつのことを至急調べろ」

黒田にそう言われて、谷口は一瞬戸惑った。

「カベンシャ……？　それは何の会社です？」

「政治結社だろう。組対《そたい》に知っているやつがいるはずだ……」

「でも、どうやって……」

黒田は、珍しく苛立《いらだ》った様子だ。

「どうやってだ？　組対につてがなければ、フロアで大声で叫べ。果弁社の城町について知っているやつはいないか、ってな」

そんなことができるはずもなかった。

とにかく、組対部へ行き、顔見知りの捜査員を見つけて、声をかけた。

「あの……」

「おう、何だ？」

「果弁社の城町というやつのことを知りたいんですけど……」

「果弁社……？　政治結社だな。だったら、組対というより、公安三課の範疇《はんちゅう》だな」

「公安三課ですか……」

公安は秘密めいた部署だ。知り合いもほとんどいない。第一、公安の捜査員はあまり本部庁舎に詰めていないのだ。

「急いでいるのか？」

「ええ、そのようです」

「そのようって、どういうことだ？」

「先輩に言われて調べているんです」

「先輩って、黒田さんか？」

「そうです」

「あの人に恩を売っておいて損はないな……。ちょっと、待て」

その捜査員は、どこかに電話をかけた。内線電話のようだ。切っては別のところにかけ、それを三度繰り返した。やがて、彼は谷口に言った。

「組対四課に、公安三課から異動になったやつがいる。暴力犯特捜五係だ。そいつが果弁社なんかの政治結社に詳しいということだ。桑田《くわた》というやつだ。行ってみな」

谷口は、礼を言ってから、フロアを横切り、暴力犯特別捜査第五係の島に行った。

「あの、桑田さんは……」

「私です」

なるほど、公安から来たというだけあって、マル暴という感じではなかった。すっきりと洗練されている印象がある。

「果弁社の城町という男について知りたいんですが……」

「城町昇毅は、果弁社の代表ですね」

「どんなやつなんですか？」

「果弁社は、政治結社というより、圧力団体ですね。城町は、恐喝で何度か挙げられているはずです」

「暴力団員ですか？」

「組から足を洗う形で、政治結社を作ったんです。暴対法逃れですよ」

「どこの組だったんですか？」

「関西系の三次団体です」

「事務所はどこかわかりますか？」

「新宿三丁目のビルに事務所を構えているはずです」

桑田は、ファイルを取り出して、詳しい住所を教えてくれた。ちらりと見たファイルの中身は、きちんと整理されているのがわかった。さすがは元公安だと、谷口は思った。

礼を言って、大急ぎで黒田のもとに戻った。

「何かわかったか？」

谷口は、桑田から聞いた内容を伝えた。黒田は、すぐに立ち上がって言った。

「行くぞ」

「行くって、どこに……？」

「果弁社の事務所だ」

すでに黒田は出入り口に向かっている。谷口は慌ててそのあとを追いながら尋ねた。

「いったい、どういうことなんです？」

「さっき、布施の上司から電話があった。果弁社の城町がＴＢＮに乗り込んで来たそうだ」

「ＴＢＮに……？」

「そして、布施を連れて行ったそうだ」

「布施さんを……。どうしてそんなことに……」

「詳しいことはわからない。だから行ってみるんだ」

「自分たち二人で事務所に乗り込むんですか？」

「なにビビってるんだ。俺たちは警察官だぞ。全国二十五万人の警察官がバックについてるんだ」

「はあ……」

「それにしても、解《げ》せないな……」

「何がですか？」

「果弁社が、もともとは関西系の枝だったということが、だ」

「どうしてです？」

「昨日の『ニュースイレブン』で写真を放映したことに抗議しにＴＢＮを訪ねたのだとばかり思っていた」

「そうなんじゃないですか」

「果弁社が、茂里下組に関係しているというのなら話はわかる。だが、茂里下組と対立しているはずの関西系の組だとしたら、話がわからなくなるじゃないか」

「なるほど……」

黒田がタクシーを拾った。それに乗り込むと、黒田は一言も口をきかなかった。

タクシーの中で捜査情報についてしゃべるのはタブーだ。タクシー内でしゃべるのは、ラジオで放送するのと同じことだと言った先輩刑事がいる。それくらいに情報が洩《も》れるのだ。何気なくしゃべった一言が、回り回って絶対に聞いてほしくない相手の耳に入ることもある。

黒田は、たしかに苛立っている。布施のことを心配しているのかもしれない。谷口もこれからのことが心配だった。

刑事になって、それなりの経験はしてきたが、ヤクザの事務所にたった二人で乗り込むというのは、初めての体験だ。

ビビるなと言われたが、警察官も普通の人間だ。できれば、そんなことは避けたい。だが、黒田といる限り、逃げることはできない。

なんで警察官になんてなってしまったのだろう。こんなとき、谷口はしみじみそう思ってしまう。

やがてタクシーは新宿三丁目に到着した。車を下りると、黒田は迷いのない足取りで歩道を進んでいく。住所を見ただけで、だいたいの場所が頭に浮かんでいるのだ。

谷口は、ただついて行くしかなかった。


鳩村が乗ったのは、黒塗りのハイヤーだった。

鳩村は、車の中でずっと考えていた。

咄嗟《とっさ》に黒田に電話してしまったのだが、警察に知らせてよかったのだろうか。他の報道機関のデスクならば、決して警察には知らせなかったはずだ。報道機関は、警察とは持ちつ持たれつだが、一線を画さなければならない。

報道機関の敷地内にたやすく警察が入り込むようなことがあってはならない。大げさに言えば、それは国家権力の介入を許すきっかけになるのだ。報道機関は、司法、行政、立法の三権から独立した存在でなければならない。

鳩村は、その原則すら忘れてしまって、すぐに黒田に連絡してしまった。そのことが、吉と出るか凶と出るか、まだわからない。ただ、考えもなしに電話してしまったことを反省しているのだ。

鳩村の携帯電話が振動した。布施の居所を追跡しているディレクターからだった。

「鳩村だ」

「布施は新宿三丁目にいます。果弁社の事務所だと思われます」

「了解した」

鳩村は、詳しい所在地を聞き、運転手にその場所を告げた。車は、新宿通りの路上で駐車していた。連絡を待っていたのだ。ディレクターの言うとおり、局の車で来てよかった。タクシーならば、これほど融通はきかないだろう。

「このあたりのはずですが……」

運転手が言った。

「ここで停《と》めてくれ。徒歩で探す」

車にはこの近くで待機してくれるように頼んだ。鳩村は、車を下りてまず新宿通りに沿って歩いた。伊勢丹《いせたん》を背にして、新宿二丁目方向に向かって歩いている。

すると、見覚えのある男が二人連れでタクシーから下りてくるのに気づいた。彼らは、足早に新宿二丁目の交差点に向かって歩いて行く。鳩村は駆け寄って声をかけた。

「黒田さん」

黒田と相棒らしい若い刑事が同時に振り向いた。

「鳩村さん……」

黒田が言った。「どうして、ここへ……？」

「本来なら、私が来るべきだったんです。布施を一人で行かせたことを悔やんでいるのです」

黒田が顔をしかめた。

「そういうことを言っていると、被害者が増えるだけなんです」

「被害者……？」

「便宜上、そう言っただけです。布施が被害に遭うと言っているわけではありません。冷静になってください」

「私は冷静です。責任は私にあると言ってるんです」

「ヤクザを相手に責任がどうのと言っても始まりません。とにかく、行ってみましょう」

車の中では、警察に知らせたことについて、あれこれ考えていたが、こうして刑事たちがいっしょだと心強いのは確かだった。

果弁社の事務所が入っているビルはすぐにわかった。ビルの脇の小さな駐車場に、マイクロバスの街宣車が停まっている。モスグリーンに塗られ、果弁社の文字が大きく書かれている。また、ビルの窓にもその組織名が書かれていた。三階の窓だ。

黒田は、無言でエレベーターに乗り込んだ。相棒の若い刑事もそれに続く。鳩村は一番後だった。

ドアの脇にインターホンがある。黒田がそのボタンを押そうとした。

「待ってください」

鳩村は言った。「私に話をさせてください」

黒田は躊躇《ちゅうちょ》しなかった。

「いいでしょう」

鳩村は歩み出てインターホンのボタンを押した。ドアの向こうでチャイムが鳴る音がする。

「はい、どちらさん?」

若い男の声が聞こえる。

「TBNの鳩村といいます」

「どんなご用件で？」

「うちの記者がこちらにお邪魔していると思います。こちらの方とお話をさせていただいているはずですが、私どもも同席させていただきたいと思いまして……」

「お待ちください」

しばらく待たされた。やがて、ドアが開いた。

坊主刈りにしたジャージ姿の若者が出てきた。目つきが悪い。

彼は、すぐに鳩村の背後にいる黒田と若い刑事に眼《め》をやった。警戒している。

「どなたが鳩村さん？」

「私です」

「代表は、布施さんとだけお話ししたいと申しております。他の方とは話す必要はないと……。お引き取りください」

「帰るわけにはいきません。布施が無事かどうか確かめないと……」

「無事って、どういうことですか。代表は話をしているだけですよ」

若者の顔に嘲《あざけ》るようなかすかな笑みが浮かぶ。

「いいから、通してくれ」

黒田が言った。とたんに、若者の表情が変わった。険悪さをむき出しにする。

「通すわけにはいかねえんだよ。おとなしく帰んな」

「言うとおりにしないと、後悔するぞ」

「後悔するのは、そっちなんだ。なめてんじゃねえぞ」

最初は、気味が悪いほど丁寧な物腰だったが、ついに正体をあらわしはじめた。

黒田が言った。

「腕ずくでも通らせてもらう」

「ここをどこだと思ってんだ？」

「どこだろうが、俺はそうする」

鳩村はそっと黒田の顔を見た。凄《すご》みのある笑みを浮かべている。

もしかしたら、この人は、この状況を楽しんでいるんじゃないか……。

そんなことを思った。

出入り口でのやり取りを聞きつけた、他の連中も出てきた。いずれも坊主刈りにジャージという姿だ。それが、果弁社での約束事らしい。

鳩村は、生きた心地がしなかった。ふと気づいたが、若い刑事も青い顔をしている。

平気なのは黒田だけだった。

黒田の態度は強硬だ。若者たちを挑発しているようにすら見える。

何も、わざわざ事を荒立てなくても……。

鳩村は、心の中でそうつぶやいていた。

ドアの向こうには、少なくとも五人ほどの若者がいる。どれも凶悪そうな顔つきをしている。

「どうしたんだ……」

部屋の奥から野太い声がした。若者たちがさっと左右に分かれて場所をあけた。

黒い背広にノーネクタイの、やけに体格がいい男が姿を見せた。顔が妙にどす黒い。日焼けをしているのか、不健康なのかよくわからない。

年齢は、三十代だろうか。髪はオールバックだ。口髭《くちひげ》を生やしている。周囲のチンピラとは貫禄《かんろく》がまるで違った。おそらく幹部だろう。

鳩村は、いよいよ嫌な気分になった。布施を置いて帰ることはできない。だが、正直に言って無事なうちに帰りたいと思った。

黒田を見ると、幹部らしい男の姿を見ても態度はまったく変わらない。刑事というのはすごいものだと感心した。感心している場合ではないのだが……。

いや、若い刑事を見ると、完全に臆している様子なので、刑事の中でも黒田は強気なほうなのかもしれない。

幹部らしい男が言った。

「どうした？　何をごちゃごちゃやってる？」

最初に応対した若者がこたえる。

「代表が、お帰りいただくようにとおっしゃっているのですが、お引き取りいただけないんです」

幹部らしい男の前では、また丁寧な言葉に戻っていた。

貫禄のある男は、鳩村を見て、若い刑事を見て、それから黒田を見た。ちょっと表情が曇った。

「失礼ですが、どちらさんで……？」

黒田がこたえた。

「名乗るほどのもんじゃないよ」

陳腐な台詞《せりふ》だが、時と場合によっては凄みがあるものだと、鳩村は思った。

その一言は凄みがあるだけに、相手を刺激するのに充分だった。相手は、とたんに危険な雰囲気を発しはじめた。空気が凍り付いたように、鳩村は感じた。

まさに一触即発だった。

20

「あれえ、デスクじゃないですか」

緊張した雰囲気にはまったくそぐわない、のんびりした声が、幹部らしい男の向こう側から聞こえた。布施の声だった。「なんだ、黒田さんもいるの？」

幹部らしい男が振り返った。鳩村もそちらを見た。

布施は城町昇毅と並んで立っていた。幹部らしい男が、さっと場所をあけて頭を下げた。若い連中も礼をした。

鳩村は、布施に言った。

「無事なのか？」

「無事……？　何のこと？」

「いや、こういう場所に連れてこられたので……」

「だから、言ったでしょう。話をするだけだって……」

城町は、にこやかだった。まるで旧知の二人が昔話に花を咲かせた後のような雰囲気だ。鳩村は、唖然《あぜん》としてその二人を眺めていた。

城町は、布施に言った。

「あんたの上司も話に加わりたかったようだが、一足遅かったな」

「迎えに来てくれたと思ってください」

「俺は気にしてないよ。俺みたいのが、会社を訪ねて行ったりすると、絶対によく思われないからな……」

「俺だって、こんなところに連れてこられたら、恐ろしいですよ」

「こんなところとは、ご挨拶だな……。だが、実を言うと、俺たちは、そういう効果も狙っているんだ」

黒田が布施に言った。

「どうやら、逮捕・監禁という雰囲気じゃないな」

「だから、話をしてただけですってば……」

城町が言った。

「逮捕・監禁と言ったね。あんた、警察《ヒネ》かい？　警察の出る幕じゃないな」

城町は、黒田に向かって凄《すご》んでいた。それでも、黒田は平気な顔をしている。

「友達があんたみたいなやつに連れ去られたと聞いたら、駆けつけないわけにはいかないんだよ」

「友達だって？」

城町のその言葉を受けて、布施が言った。

「そう。この人は友達ですよ。マル暴なんかじゃない。捜査一課の特命捜査係なんですよ」

「何だか知らないが、話はもう終わったんだ。客人はお帰りだよ」

幹部らしい男と若者たちは、さらに後ろに下がり、道をあけた。そこを堂々と布施が歩いてくる。

布施が出入り口を出ると、城町が言った。

「またな、と言いたいが、テレビ局の記者さんが、俺みたいのと付き合ってちゃやばいだろうな」

布施は振り向いてこたえた。

「俺は平気ですよ。友達だと思ってくれるなら、いつでも付き合いますよ」

これが、布施の本音だということを、鳩村は知っていた。布施は、どんなやつとも平気で付き合う。損得という考え方が、彼にはまったくないらしい。

布施の言葉を聞いた城町が、一瞬涙ぐんだように見えたのは気のせいだろうか。またしても、布施マジックだと、鳩村は思った。

谷口は、一気に緊張が解けて虚脱状態だった。それが過ぎると、今度は妙に気分が高揚してきた。

鳩村という、いかにも真面目そうな布施の上司は青白い顔をしている。まだ緊張状態にあるのだろう。

布施は、いつもとまったく変わらない様子だった。黒田が布施に言った。

「城町は、今は政治結社を名乗っているが、もともとは、関西系の三次団体の組長だった」

「知ってる。彼がそう言っていた」

それを聞いた鳩村が言った。

「関西系……？　茂里下組ではなく？」

黒田がうなずいた。

「そうです」

「私は、てっきり茂里下組の関係者だと思っていました。でないと、クレームをつけてきた意味がわからない」

布施が言った。

「クレームじゃないですよ。局で言っていたとおり、本当に写真の出所を知りたかっただけのようです」

黒田が布施に尋ねる。

「何のために、そんなことを知りたかったんだ？」

「往来を歩きながらする話じゃないと思いますよ」

「じゃあ、落ち着けるところを探そうじゃないか」

「それ、俺から話を聞きたいってことですか？」

「当然だろう。こうやって駆けつけたんだからな」

「別に駆けつける必要はなかったんですけど……」

「あんたの上司が慌てて電話をしてきたんだよ」

布施が鳩村を見た。

「本当ですか？」

「ああ……」

鳩村がしかめ面でこたえた。「そのときは、それしか思いつかなかったんだ」

「だいじょうぶだって言ったじゃないですか。話をするだけだって……」

「局に乗り込んで来た暴力団員風の男に連れて行かれたんだ。放っておけないだろう」

鳩村は、どうやら警察に連絡したことを後悔している様子だった。

黒田が言った。

「いずれにしろ、話は聞かせてもらう」

鳩村が言った。

「車を用意しています。その中なら話ができるでしょう」

「いいでしょう」

鳩村が車の運転手と携帯電話で連絡を取り、居場所を確認した。車は、新宿二丁目交差点と新宿五丁目交差点の中間あたりに駐車していた。

四人が車にやってくると運転手が後部座席のドアを開けようとした。鳩村が三千円を渡して言った。

「済まないが、一時間ほど時間をつぶしてきてくれないか」

「わかりました」

運転手が新宿二丁目交差点方向に歩き去ると、四人は車に乗り込んだ。布施と黒田が後部座席だった。鳩村が運転席、谷口は助手席だ。

「さて、どういう話をしたのか、聞かせてもらおうか」

黒田が布施に言う。

「写真の入手先を尋ねられました」

「こたえたのか？」

「こたえる前に、どうしてそんなことを知りたがるのか質問しました」

「向こうは何と言った？」

「城町は、こう言いました。弱みを見つけたいんだ、と……」

「弱み？　何の弱みだ？」

「城町は、名前は出しませんでしたが、茂里下常蔵組長と宮崎大樹でしょうね」

「弱みを見つけて、どうするつもりだ？」

「仇《かたき》を討ちたいんだと思います」

「仇を討ちたい？」

黒田が眉をひそめた。「それは、どういうことだ？」

「あるいざこざで、かわいがっていた若いのが殺されたと、城町は言っていました。その仇を討ちたいが、上のほうの話し合いで手出しができないことになっていると……」

谷口は思わず黒田の顔を見た。当然、黒田も、今の話が何を意味しているかわかったはずだ。

黒田が布施に質問した。

「そのいざこざについては、詳しくは説明しなかったんだな？」

「説明はなかったですね。でも、これって、木田殺害の件でしょう？」

「裏を取る必要があるな」

黒田は慎重だった。「それで、茂里下や宮崎の弱みを見つけることが、どうして仇を討つことになるんだ？」

「自分じゃ手出しができないんで、搦《から》め手でいこうということらしいです」

「搦め手……？」

「茂里下組長と、宮崎大樹の間に何らかの不正があったとしたら、それを世間に公表したいと言っていましたね。そうすることで、世間の注目が茂里下組にも集まる。警察の捜査も入ることになるかもしれない。そうなれば、茂里下組は大打撃を受けることになります」

「つまり、城町は、木田を殺害したのが茂里下組だということを知っているわけだ」

「知っているでしょうね」

「実行犯も知っているのか？」

「そこまでは話をしていません。なにせ、具体的な話をしたわけじゃないんで……。あくまでも、彼が言ったのは、あるいざこざで若いのが殺されたということだけです」

鳩村が言った。

「おまえ、記者だろう。どうしてそこで突っ込んだ質問をしないんだ」

布施が意外そうな顔をした。

「俺のこと、心配してくれてたんじゃないんですか？」

鳩村はしどろもどろになった。

「それとこれとは話が別だ……」

「そんな質問をする雰囲気じゃなかったし、俺は殺人事件には興味はありませんからね」

鳩村は、苦い表情になっただけで、何も言わなかった。布施が無事だっただけで御《おん》の字だということを思い出したのだろう。

黒田がまた質問した。

「それで、写真の入手先を教えたのか？」

「教えました。写真を番組で公開したことを非難しているわけではないということがわかりましたからね。それに、教えたところで、城町には何もできない」

「入手先はどこなんだ？」

「ニュースソースは秘密ですよ」

「城町に教えて、俺たちには教えられないと言うのか？」

「城町には教える必要があったんです。ギブアンドテイクですね」

「だいたい想像がつく。檀秀人か？」

「ノーコメントです」

「城町には何もできないと言ったが、それはどうかな。ああいう連中は、どこにどういう人脈を持っているかわからない」

布施は、平然と言った。

「何もできませんよ。城町は、マスコミを頼りにしているんです。茂里下組組長と宮崎の不正を暴き、その結果、警察の手が茂里下組に及ぶことを……」

「それは順序が逆だな。マスコミの報道より警察の捜査のほうが、常に先だ」

布施は肩をすくめた。

「順序はどうでもいいですよ」

「しかし、ヤクザがマスコミや警察を頼りにするとは信じられないな……。ああいう連中は、絶対に警察を介入させたがらないもんだ。秘密裡《ひみつり》に物事を片づけようとするので、マスコミとも相性が悪い」

「城町としては、それしか方法がないんでしょうね。なにせ、はるか上のほうで手打ちが行われていたんですから……」

「その手打ちで、間に立ったのが、宮崎大樹だったということだな？」

「それも、具体的な名前が出たわけじゃないです。でも、当然そうでしょうね」

黒田は、うなずいてから、車のドアを開けた。

「参考になったよ」

布施が言った。

「俺も、城町に会って話をすることで、いろいろと参考になりました」

「城町のために取材を続けるということか？」

「城町のためじゃないです。不当なネガティブキャンペーンの理由を明らかにしたいだけです」

黒田が車を下りた。谷口もそれに続いた。

車を離れると、谷口は黒田に尋ねた。

「城町が、木田殺害の詳細について知っている可能性があるということですね」

「ああ、知っているだろうな。いずれ、洗いざらいしゃべってもらわなければならない」

「はあ……」

また城町に会うことになるのかと思うと、谷口は気が重くなった。

「本部庁舎に戻るぞ」

「本部に……？」

「言っただろう。二課か組対《そたい》四課に、何か知っているやつがいるかもしれないって……。話を聞いてみようと思ってな……」

「二課に知り合いがいるんですか？」

「いないこともない。だが、まずは組対四課だ。おまえが果弁社のことを教えてもらった係員は、何と言ったっけな？」

「桑田さんです」

「とりあえず、そこからスタートしようか」

二人はタクシーで本部庁舎に戻った。谷口は、すぐに組対四課暴力犯特別捜査第五係の桑田の席に、黒田を案内した。

谷口が声をかけると、桑田が言った。

「まだ、何か……？」

黒田が名乗ってから言った。

「果弁社の城町が、茂里下組組長と宮崎大樹との関係に興味を持っているようなんだが、それについて何か知らないか？」

「茂里下組組長と宮崎大樹の関係……？　それって、今ちょっと話題になっていますね。昨日テレビである写真が公表され、顔はモザイク処理されていたけど、それが茂里下常蔵と宮崎大樹だったんじゃないかって、ずいぶん噂《うわさ》になっています」

「噂じゃなくて、間違いなく写っていたのは、茂里下と宮崎なんだよ」

「果弁社の城町は、関西系列の中で、対茂里下組の急先鋒《きゆうせんぽう》でした」

「茂里下組組長襲撃事件があっただろう？　そのヒットマンを用意したのが城町ということか？」

桑田はうなずいた。

「そうだったはずです。しかし、その襲撃は失敗に終わり、ヒットマンは逮捕され、収監されたはずです」

「出所後に殺害された」

「確かそうでしたね」

「だが、果弁社の城町はその報復をしなかった」

「手打ちがあったということでした」

「それを仕切ったのが、宮崎大樹かもしれない」

桑田は急に興味を引かれた様子だった。

「城町が宮崎大樹と茂里下常蔵の関係に興味を持っているというのは、そういうことなんですか……」

「二人には、地元の佐賀県で何か関わりがあったはずなんだが、何か知らないか？」

桑田はかぶりを振った。

「私の範疇《はんちゅう》じゃないですね。城町に訊《き》いてみたらどうです？」

「俺がのこのこ行って、話してくれると思うか？」

「私に調べろということですか？」

「もし、あんたが興味を持っているならな……」

桑田はかすかにほほえんだ。

「もちろん興味はありますよ。わかりました、当たってみましょう」

「何か聞き出してくれたら、恩に着るよ」

黒田は、桑田の席を離れた。

谷口は桑田に礼を言ってから、黒田のあとを追った。

次は捜査二課に行くものと思っていたら、彼は自分の席に戻ってしまった。谷口は尋ねた。

「二課の誰かを捕まえて話を聞くんじゃないんですか？」

「そのつもりだよ」

黒田は携帯電話を取り出した。「二課のやつらは、本部庁舎にはあまり顔を出さないからな。どこかで落ち合うしかない」

黒田は、電話をかけた。二課の知り合いにかけているのだろう。長い時間話し込んでいた。小声で話をしているので、隣にいる谷口にもその内容はほとんどわからなかった。

やがて、電話を切った黒田が言った。

「向こうは、興味がありそうだった。案の定、何か知っているやつがいそうだ」

「何かって……？」

「二課が何か知っているとなれば、贈収賄絡みだろう」

「贈収賄……」

捜査一課には縁のない話だ。谷口は、何だか、雲をつかむような話だと感じていた。

「逆に詳しく話を聞きたいと言われた。行ってみようじゃないか」

黒田が立ち上がった。

21

帰宅するかどうか迷っていたが、鳩村は結局、車で局に戻って来た。布施もいっしょだった。

報道局のデスクにやってくると、別班がすでに今日の放映に向けて、準備を始めていた。

その班のデスクはまだやってきていない。他人の当番日に報道局内をうろつくのは慎むようにしていた。

別に問題はないのだが、もしかしたら、ディレクターや記者の中には気にする者もいるかもしれないと考えていたのだ。

別班には、別班のやり方があるはずだった。鳩村は、布施に言った。

「ちょっと、他の場所で話をしよう」

「話なら、ここですればいいじゃないですか」

「今日の当番の邪魔になるかもしれない」

「そんなことはないですよ。誰も気にしませんよ」

「俺が気にするんだ」

布施は肩をすくめた。

「わかりました。どこに行きます？」

まだ昼食を食べていないことに気づいた。

「社員食堂に行こうか」

社員食堂は、時刻を選べばすいているので、他人に話を聞かれない席を選ぶことができる。万が一、誰かに話を聞かれたとしても、局外に情報が洩《も》れるよりはましだ。

食堂は案の定すいていた。鳩村と布施は、六人用のテーブルを独占できた。鳩村はいつものように〈今日のランチ〉の二種類から選んだ。布施は、食べるものを決めるのに、ずいぶん長い間迷っていた。

「何をそんなに悩んでいるんだ？」

「別に悩んでいるわけじゃないですよ。選ぶのを楽しんでいるんです」

結局、布施はハンバーグ定食を選んだ。

食事を始めると、鳩村は言った。

「済まなかった」

布施は、きょとんとした顔になった。

「何のことです？」

「おまえを一人で行かせてしまった。俺がついて行くべきだったんだ」

「そんなこと、気にすることないですよ。城町は、俺と話をしたいと言ったんですから……」

「だが、あの写真を放映したことの責任は俺にある。そして、部下を一人で危険な目に遭わせたことも事実だ」

「ですから、ちっとも危険な目になんて遭ってないですから……。話をしただけですよ。それにね、ああいうことを言われたら、どうしてもついて行きたくなるんですよ。記者の性《さが》ですかね……」

「記者の性……？　そんな言葉をおまえから聞くとは思わなかったな……」

「俺、記者ですよ」

たしかに、記者というのは危険を顧みない一面がある。知りたいという欲求のほうが、恐怖に勝ってしまうことがあるのだ。鳩村にも経験がある。

「それで、これからどうするつもりだ？」

「これから……？」

「せっかく城町と会って、いろいろな話が聞けたわけだろう？　それをどういう形で『ニュースイレブン』で取り上げるか、だ……」

「それは、デスクが考えることでしょう？　俺は、ただ取材を続けるだけですよ。城町と会ったのだって、取材の一環ですからね」

「殺人事件には興味がないと言ったな？」

「ええ、すでに報道されましたからね」

「だが、木田の件も片山の件も、被疑者が特定されていない」

「被疑者の特定は、警察の仕事ですよ」

「それはそうだが、おまえはスクープを狙えるポジションにいると思うんだが……」

「俺、スクープなんて狙ったこと、ありませんよ」

この台詞《せりふ》を他の記者が聞いたら腹を立てるに違いない。記者たちは、抜いた抜かれたの世界にいる。

布施は間違いなく、誰よりもスクープを取ってきている。

だが、おそらく布施が言ったことは本音なのだと、鳩村は思った。彼は、スクープなど狙っていない。他の記者との違いがあるとしたら、誰とでもすぐに親しくなってしまう特別な性格と、物事に対する独自の視点だ。

もちろん、記者はそれぞれに自分の視点を持っている。だが、布施の場合は、ちょっと違う。

彼は、どんな事態に遭遇しても、動揺したり臆したりしない。いつでも平常心でいられるのではないだろうか。

とてもではないが、俺には真似《まね》ができない、と鳩村は感じた。

「政治家のネガティブキャンペーンに興味があると言っていたな……？」

「そう。政治家というのは、おそろしくスキャンダルに弱い存在です。これまで、多くの政治家が、スキャンダルで失脚しました。それらの多くは、敵対勢力のネガティブキャンペーンだったと、俺は思っています。それが政治だと言われればそれまでですけどね……。それにマスコミが手を貸しているというのが、面白くないんですよ」

「マスコミも、完全に中立ということはあり得ないからな。特に、新聞の歴史的な成り立ちを考えると、自由民権運動を始めとする、言論の自由を勝ち取るための戦いと深い関わりがある」

「すべてのものがそうですけどね、黎明期《れいめいき》というか、そういう時代には純粋な理念が先行します。でも、そのうち組織が大きくなったり、ある種の権力を手にしたとき、だんだん別のものになっていくんです」

「まあ、言っていることはわかるが、それは俺たちにはどうしようもない」

「どうして、どうしようもないんですか？」

「新聞は、報道媒体であると同時に、商品でもある。人々に購読してもらわなければならないし、広告収入がなければやっていけない。民放だってそうだ。スポンサーがあって初めて成り立つんだ。だから、そういう方面からの圧力には弱い」

「それは、経営の問題でしょう。俺たち記者には、関係ないですよ」

「そうはいかない。俺たちは、局に雇われているんだ。局から給料をもらって生活しているんだよ」

「だからって、特定の政治家を攻撃するネガティブキャンペーンに手を貸していいということにはなりません」

「話が飛躍しているように感じるんだがな……」

「飛躍なんてしていませんよ。マスコミは、完全に中立ということはあり得ないと、デスクは言いましたね。俺も、そうだと思います。だから、何かに傾き過ぎたら、それを正す必要があるんです」

「今、与党の支持率はどんどん低下している。今度、選挙があったら政権が交代するだろう。沈む船からネズミが逃げ出すようなもので、あらゆるものが、今の与党から離れていこうとしている。マスコミも例外じゃない。かつて、与党を持ち上げていた局も、今では批判に回っている」

「俺たちが、政党や政治について批判するのは傲慢《ごうまん》です」

鳩村は驚いた。

「世の中に向かって警鐘を鳴らすのも、マスコミの役割の一つだぞ」

「もちろんそれはわかってますよ。政府が言論を弾圧するような危険なことを始めたら、それを国民に知らせて、おおいに批判すべきです。でも、今のマスコミがやっていることは、政府の揚げ足取りです」

「まあ、そういう一面はある。だから、俺は、『ニュースイレブン』では政治家のスキャンダルを極力取り上げないようにしている」

布施は、にっと笑った。

「俺、そこが気に入ってるんです」

「おまえに、気に入られてもしょうがない。それで、今後、そのネガティブキャンペーンがらみで、番組で取り上げられそうなことはあるのか？」

「成り行きですね」

「成り行き……？」

「そう。黒田さんたちがどう動くかで、事情が変わってきますからね」

鳩村は、眉をひそめた。

「おまえ、黒田さんたちを利用しているのか？」

「人聞きが悪いですよ。あくまでも、ギブアンドテイクです。利用しているというのなら、黒田さんだって、俺のことを利用しているんですからね」

「おまえと黒田さんを見ていると、つくづく不思議に思うよ。そんな記者と刑事の関係は、普通は考えられない」

「俺、記者と刑事だなんて、あまり考えたことないんですよ。ただの友達です」

「その言い分が通用するのは、おまえだけだと思うよ」

布施は、またにっと笑った。


二課の係員の名前は、中島《なかじま》といった。黒い背広をすっきりと着こなしている。そういえば、最近、誰もが黒い背広を着るようになったと、谷口は思っていた。

中島とは、半蔵門《はんぞうもん》にあるホテルのラウンジで待ち合わせた。こんなところで、捜査情報の交換をするのか、と谷口は不安になったが、彼は、すぐに席を立ち、黒田と谷口をエレベーターホールに連れて行った。

そのまま、エレベーターに乗り、上階に行く。案内されたのは、無人の小会議室だった。中央に大きなテーブルがあり、それを囲むように十脚の椅子が置かれている。ホワイトボードや大きなモニターもある。

黒田が言った。

「話をするためだけに、こんな部屋を借りたのか？　二課は豪勢だな」

中島が笑いを浮かべてこたえる。

「前線本部にするために押さえてあった。それを流用させてもらったのさ。一時間後には、他の捜査員たちもやってくる」

　黒田はうなずいて、椅子に腰かけた。ホワイトボードに近い席だ。谷口も、近くの椅子に腰を下ろした。

　中島が座るのを待って、黒田が話し出した。

「俺は、木田昇というヒットマンが殺害された事件の継続捜査を担当している」

「すまんが、そういう事案には疎いんだ」

「木田は、関西系の三次団体の構成員で、茂里下組の組長を殺害しようとして失敗した。逮捕・起訴されて、収監された。出所後、その所在を厳しく秘匿《ひとく》されていたにもかかわらず、何者かに殺害された」

「何者かに……？」

「つまり、茂里下組に、ということだ」

「それで……？」

「当然、木田を殺された関西系の組は報復に出ると、誰もが思うだろう。だが、それきり抗争事件は起きなかった」

「なぜだ？」

「誰かが間に入って、関西の組と茂里下組の手打ちを取り仕切ったんだろうということだ」

「その誰かというのは、誰のことだ？」

「宮崎大樹だろう」

「だろう……？　なんだか、はっきりしない言い方じゃないか」

黒田が肩をすくめる。

「手打ちのときに、誰が仕切ったか、なんてことは、俺が確認することじゃないからな」

「木田というヒットマン殺しのホシを挙げられればいい、ということか？」

「そのとおりだよ」

中島がうなずいた。

「悪いがな、正直なところを言わせてもらうぞ」

「ああ」

「殺人の捜査ごときで、うろちょろしてほしくないんだ」

谷口は、この一言にすっかり驚いていた。そして、黒田の顔を見た。黒田が腹を立てるのではないかと、はらはらしていた。

だが、意外なことに、黒田は笑みを浮かべていた。

「つまりは、大捕り物が控えているということか？」

「地検特捜部の主導だ」

谷口は、また驚いていた。最近は、何かとやり過ぎや違法捜査の疑いなどが取り沙汰される東京地検特捜部だが、扱う事案の大きさは、やはり飛び抜けている。特に、警視庁が手を出すことを躊躇《ちゅうちょ》するような大物を相手にするのが彼らの役割だ。

黒田が言った。

「つまり、宮崎大樹に捜査の手が伸びるということだな？」

「俺に言えるのは、地検特捜部が動いているということだけだ。だからさ、今、ヒットマン殺人なんかの事案で、捜査一課に引っかき回してほしくないってことだ」

「わかるよ」

黒田が言った。この言葉にも、谷口は驚かされた。黒田は、誰よりも自分の仕事に誇りを持っているはずだ。そして、自分の事案が大切だと感じているに違いない。

黒田は、いつになくものわかりがいい。何を考えているのだろう。谷口は、黙ってこの後の展開を見守ることにした。

黒田が、続けて言った。

「大物政治家の贈収賄となれば、その周辺で、何人か人が死んでてもおかしくはないかな」

「こっちの捜査を邪魔しないという約束をしてくれるなら、ある程度の事情を説明してもいい」

黒田はうなずいた。

「役割分担は心得ている。俺は、木田殺しの実行犯を特定したいだけだ。その身柄を挙げれば、俺の仕事は終わる」

中島は、しばらく考えていた。やがて、彼は言った。

「なるほど、おまえらしいな」

「宮崎大樹と、茂里下常蔵の関わりは、地元の佐賀にいた時代からあったようだな」

中島はうなずいた。

「切っても切れない関係だよ」

「説明してくれ」

「宮崎大樹の祖父に当たる人物は、炭鉱会社の支社長をやっていた。当時の炭鉱会社は、労働者確保とその管理のために、博徒《ばくと》の助けを借りたりしていた。ヤクザとの関わりはその当時からのことだ」

「まあ、それはあの時代ならどこででもあった話だな」

「やがて、炭鉱が廃《すた》れると、宮崎の家は飲食店チェーンや観光業に進出していく。手がけていた飲食店の中には、かなりいかがわしいものもあり、そういうところでも暴力団とのつながりは続いていた。それが、宮崎大樹の時代でも続いていたというわけだ」

「それでよく国会議員に当選できたもんだな」

「地方では珍しいことじゃない。票読みや票の取りまとめも、実は茂里下の関係者がやっていたといわれている。もちろん、表面上は、宮崎と茂里下は切り離されている」

「二課が調べを進めているということは、両者の間に、贈収賄があったということだな？」

「贈収賄だけじゃない」

「ほう……」

「宮崎大樹は、事業を拡大するために、強硬な地上げなどをやっていた。バブルの時代だ」

「そういう仕事を請け負っていたのが、茂里下常蔵だったわけだな？」

「そう。当然、軋轢《あつれき》も起きるし、トラブルに発展することもある。バブルの頃はそれこそ、信じられない額の金が動いていたからな。それだけトラブルも多かった。そうしたトラブルを片づけていたのも、茂里下だ」

「なるほど」

「飲食店街の地上げを巡って、ビルのオーナーとトラブルになったことがあった。そのオーナーが事故死した」

「事故死……？」

「交通事故だ」

「状況を考えると、ただの事故とは思えないな」

「だが、事故として片づけられた。遺族や関係者は、警察に事故ではないと訴えたが、その声はかき消された。当時、その事案の責任者だった警察幹部は、事故直後に警察を辞め、今は、顧問という肩書きで、宮崎大樹の個人事務所にいる」

「今さら、その事件を蒸し返すことはできないな……」

「だから、俺たち二課が動いているんだ」

「なるほど、贈収賄をとっかかりにしようというわけだな」

「こういうでかい事案は、一網打尽が原則だ。小物に手を出すと、本丸の守りを固められちまう」

「つまり、宮崎大樹と茂里下常蔵の両方を挙げるということだな？」

「その周辺の何人かも……」

「茂里下の手の者が木田を殺害したとして、それを知っていながら、茂里下と関西系の手打ちを、宮崎が仕切ったということになれば、かなり面白い展開じゃないかと思うんだが……」

中島は、またしばらく考えた。

「何か、確実なネタがあるのか？」

「『果弁社』という政治団体の代表の城町というやつが、それについて何か知っているはずだ。『果弁社』は、事実上、関西系の三次団体だ」

「『果弁社』の城町……」

「今、組対《そたい》四課の桑田というやつが調べてくれている」

中島がうなずいた。

「宮崎と茂里下については、余罪を追及するつもりだ。そのネタは、材料に使えそうだ。詳しいことがわかったら、教えてくれ」

「おい、俺はおまえのパシリじゃないぞ」

「わかっている。もし、木田殺害について何かわかったら教えるよ」

「城町が実行犯についてしゃべったら、そいつを挙げるが、いいな」

「地検特捜部の手入れがあるまで待ってくれるなら、何をしてもかまわないよ」

黒田はうなずいた。

「わかった」

なるほど、交換条件を相手に呑《の》ませるために、黒田は自制したのだ。谷口は納得した。

黒田が立ち上がった。

「また、連絡する」

中島は、座ったままでうなずいた。

黒田と谷口は、会議室を出た。

22

本部庁舎に戻ると、黒田がデスクに張り付けてあったメモを見た。そして、谷口に言った。

「おい、桑田に電話してみてくれ」

「はい」

谷口が電話をかけると、桑田が言った。

「今、城町に来てもらってます。話を聞きたいですか？」

「ちょっと待ってください」

谷口がそれを伝えると、黒田が言った。

「桑田ってやつは、仕事が早いな。すぐに行くと言ってくれ」

谷口は、桑田にその旨を伝えて電話を切った。すでに黒田は立ち上がって出入り口に向かっている。谷口はそのあとを追った。

組対《そたい》四課の桑田の席に行くと、不在の係員の席に城町が座っていた。

身柄を引っぱってきたのだから、取調室を使っていると谷口は思っていた。城町を連れてきたのは、取り調べではなく、あくまでも事情を聞くためだということなのだろう。取調室に連れて行くと、城町の態度が硬化するかもしれない。それを考慮したに違いない。

もっとも、警視庁に引っぱられたというだけで、城町は充分に不機嫌そうだった。若い衆も連れていない。

城町は、黒田を見ると言った。

「あんたには、さっき会ったな……」

黒田がこたえる。

「ご足労って、済まないな。ちょっと話を聞きたかったんでな」

「警察《ヒネ》はいつも強引だな。話なら俺の事務所でもできるだろう」

「俺は気が弱いんで、そういうところだとびびっちまうんだよ」

黒田は、桑田に視線を移して言った。「何かしゃべったか?」

「木田というヒットマンが殺されて、仕返しをしたいが、上で話が決まっていて、どうすることもできない……。そこまでは、詳しく話してくれましたよ」

黒田は、空いている椅子を引っ張ってきて、城町の前に座った。谷口は立ったままだった。

黒田が城町に言う。

「仇《かたき》を討ちたいんだって？」

城町は、無表情だ。

「そりゃあね。あんたの部下が誰かに殺されたら、どう思う？」

「木田とあんたは、どういう関係だったんだ？」

「一時期、うちの青年部にいたんだ」

「青年部？」

「私は、若い人たちに政治についていろいろと教えているんだ。うちに出入りしている若い連中を青年部と呼んでいる」

つまり、準構成員だろうと、谷口は思った。

「あんたが、茂里下を狙わせたのか？」

「冗談はよしてくれ。俺は、政治団体の代表だ。どうして、茂里下なんかを狙わなけりゃならないんだ？」

「今さら、あんたを罪に問おうなんて思っていないから心配するなよ。俺は事実を知りたいだけなんだ」

「警察《ヒネ》は信用できねえんだよ」

「警察は信用できなくても、テレビ局の記者は信用できるのか？」

「布施さんのことを言ってるのか？　あの人は特別だよ。ちょっと話をしただけでそれがわかった」

　黒田がうなずいた。

「布施が特別だというのはわかるよ。俺もそう思っている。布施が言っただろう。俺は布施の友達だ。あんたも、友達だと布施が言っていた。どうだ？　布施の友達同士のよしみで、詳しい経緯《いきさつ》を話してくれないか」

「その手には乗らない。俺を言いくるめようたって無駄だよ」

「友達の友達は、友達って言うだろう。つまり、あんたと俺は友達ということになる」

「冗談言っちゃいけない。警察官と友達だって？　そんなことは絶対にあり得ない」

「よく考えろ。俺はあんたと敵対しようと言っているわけじゃない。仇を討ってやろうと言ってるんだよ」

　城町は、黒田から眼《め》をそらした。黒田はさらに言った。

「自分じゃ何もできないんだろう？　だからＴＢＮに行って、例の写真の入手先を聞き出そうとした。だが、その入手先を知って、どうしていいかわからなくなっているはずだ」

　城町はまだ何も言わない。黒田が続けて言う。

「あんたの目的と警察の目的は一致している。つまりだ、茂里下常蔵と宮崎大樹の後ろ暗い関係を明らかにして、彼らの罪を暴くことだ」

城町がようやく口を開いた。

「木田だって、あんたらから見れば犯罪者じゃないか」

「木田は、刑期を終えていた。つまり、すでに罪を償《つぐな》っていたんだよ」

城町は、考え込んだ。やがて、彼は黒田を見つめた。

「俺が捕まることはないんだな？」

ようやく本音が出た、と谷口は思った。やはり、城町は自分に累が及ぶことを警戒していたのだ。

「ない。あんたは協力者だ」

「わかった。経緯を話そう。俺の上のほうの組が、茂里下組と抗争を繰り返していた。発端は、どこにでもある縄張り争いだ。その抗争は、長い間くすぶっていた。茂里下を狙ったのも、その抗争の一環だ。俺が上の者から命《タマ》を取れと命令された」

「それで木田を使ったわけか？」

「俺が命令したわけじゃない」

「命令しないのに、若者が勝手にやったというのか？」

「木田は、俺が上から無理難題を押しつけられたと思ったんだ。まあ、実際そうだったがね……。それで、あいつは自分から……。そういうやつだったんだ」

「出所してから、護衛はつけなかったのか？」

「もちろんつけていたが、俺たちにできることなんて限界がある。結局、ああいうことになっちまった」

「それを知ったとき、当然、あんたは報復しようとしただろうな」

「誰だって考えるだろう」

「だが、上のほうで手打ちが決まった。それを仕切ったのは、宮崎大樹だな？」

「そうだよ。宮崎と茂里下は、佐賀にいるときからの腐れ縁だ」

「その辺の事情は知っている。宮崎の実家が観光業やら飲食店やらに進出した頃からの付き合いだそうだな」

「二人でえげつないことをずいぶんやったはずだ」

「地上げでトラブルになり、相手が不審な死に方をしたことがあったそうだな？」

「その話は聞いたことがあるな。茂里下のやりそうなことだ」

「詳しく知っているのか？」

「蛇《じゃ》の道は何とやら、でね。事件を無理やり事故死として処理したやつがいる」

「宮崎大樹の個人事務所で顧問をやっている元警察官だな？」

「佐賀県警の幹部だった。キャリア様だったそうだよ」

黒田がしかめ面になった。キャリアには、あまりいい印象がないのだろう。谷口は、キャリア組を別世界の人々だと感じている。

「それで、木田を殺した実行犯を知っているのか？」

「警察《ヒネ》でもわからないことを、俺たちが知っているわけがない」

黒田は桑田に尋ねた。

「どう思う？」

「さあねえ。さっき、その人、蛇の道は何とかと言ってませんでしたか？」

黒田が城町に言った。

「俺も、同意見だ。警察が知らないことも、同じ稼業のやつなら知っているかもしれない」

「勘弁してくれ。俺がそいつの名前を言ったら、まるで警察《ヒネ》に泣きついたようじゃないか。そんなことが、稼業の仲間に知れたら、俺はその世界で生きていけなくなる」

「木田の仇を討ちたいんじゃなかったのか？」

「俺は、小物なんて相手にしねえ。茂里下が痛い目に遭えばいいと思っているだけだ」

「俺は、その小物に用があるんだよ。実行犯を逮捕する。そのことが、茂里下の使用者責任を追及することにもつながるんだ」

城町がしばらく考えてから言った。

「茂里下組の息のかかった殺し屋だ」

「殺し屋だって？」

黒田が言った。「今時、そんなやつがいるのか？」

「トラブルの解決、口封じ、敵対組織の幹部の抹殺……。需要はあるんだ。だが、やばい仕事なんで、滅多なことじゃ受けない。そいつは、普段はまったく別の顔を持っている」

「別の顔……？」

「なかなかインテリでね……。文章を書く仕事をしているらしい。フリーライターとかいうようだな」

黒田の表情が曇る。

「フリーライターだって？　名前は？」

「本名かどうかはわからない。いろいろな名前を使い分けているようだ」

「ライターの名前を持っているはずだ」

「もちろん、普段は普通に仕事をしているからな」

「その名前は？」

「たしか、藍本……」

それを聞いたとたん、黒田は立ち上がっていた。その勢いで、キャスター付きの椅子が倒れていた。

谷口も驚いていた。

まさか、あの藍本が……。

黒田は、携帯電話を取り出しながら、城町に言った。

「協力してくれて、恩に着るぞ。被疑者を確保できたら、飯をおごってもいい」

「どうせ、安い飯だろう?」

「安くてもうまいものはあるんだよ」

黒田は、早足でその場を離れた。谷口は、慌てて、桑田に礼を言い、黒田を追った。

黒田は、廊下を進みながら電話をかけていた。舌打ちして、彼は言った。

「ちくしょう、こんなときに電話に出ないってのは、どういうことだ。記者だろう……」

谷口は尋ねた。

「記者……? 布施さんですか?」

「ああ。ケータイがつながらない」

「局にかけてみたらどうです?」

「そう思うなら、言う前にやるんだよ」

「はい」

谷口は、TBNの報道局にかけて、布施を呼び出してもらうよう頼んだ。

「すいません、布施は、局にはいないようですね」

「どこに行ったかわかりませんか？」

「さあ……。布施は非番なんです」

「どなたか、居場所をご存じのかたはいらっしゃいませんか？」

「そういえば、午前中は、デスクの鳩村といっしょでしたね。鳩村の連絡先をお教えしましょうか？」

午前中は、谷口と黒田もいっしょだったのだ。

「鳩村さんの連絡先なら存じております。お忙しいところ、どうもすいませんでした」

黒田は、捜査一課に戻ると、特命捜査第二係の係長席に行った。木田殺害の実行犯が、藍本である可能性が高いということを報告しているのだろう。

同時に、応援を頼んでいるに違いない。

谷口は、黒田を眼で追いながら、電話をかけ続けていた。鳩村の携帯電話にかけてみた。

「はい、鳩村……」

「あの……、警視庁の谷口といいますが……」

「谷口さん……？」

「ええ、黒田といっしょに、先ほどお会いしました」

「ああ、あの刑事さんですか」

「布施さんが今、どこにいらっしゃるかご存じありませんか？」

「布施……？　さあ、自宅に戻ったんじゃないでしょうかね？」

「電話が通じないんです」

「電話が通じない？　記者としては、あるまじきことですね」

「居場所に心当たりはありませんか？」

「さあねえ……」

「あの後、お二人はどうされたんですか？」

「局に戻りました。いっしょに昼食をとりながら、ちょっと打ち合わせをして、その後私は帰宅しました」

「もし、彼の居場所がわかるようなら、黒田が連絡を取りたがっていたとお伝え願えませんか？」

「何があったんです？」

「は……？」

「警察のほうから記者に連絡を取りたがるというのは、きわめて珍しいことじゃないですか。何か特別なことがあったのでしょう？」

「いえ、そういうわけではなく……」

谷口は、こたえに窮した。こういうときは、さっさと会話を切り上げるに限る。「とにかく、お願いします。じゃあ、失礼します」

電話を切ったところに、黒田が係長席から戻って来た。

「応援の捜査員が、城町の話の裏を取ってくれる。さあ、行くぞ」

「行くって、どこに……？」

「藍本の自宅だ。『週刊リアル』のほうには、応援の連中が行ってくれる。布施は、どうなった？」

「今日は非番なんで、帰宅したんだろうって……。鳩村さんに電話して、こちらが連絡を取りたいことを伝えてもらうことにしました」

「あいつと連絡が取れないなんて、珍しい」

「鳩村さんは、自分たちが布施さんと連絡を取りたがる理由を知りたがっていました」

「余計なことは言わなかっただろうな？」

「何も言ってません」

「それでいい」

黒田は、エレベーターホールに向かった。

鳩村は、取りあえず布施に電話してみることにした。携帯電話にかけると、電波の届かないところにいるか、電源が入っていないという、アナウンスが流れてきた。

自宅の電話にかけてみたが、何回か呼び出し音が鳴った後に、留守番電話に切り替わった。

非番だといっても、記者はいつ何時、何があるかわからない。常に呼び出しに備えていなければならない。

あいつは、そんな基本的なことすら守れないのか。

鳩村は、腹が立った。

こうなれば、なんとしても布施の居場所を突きとめ、小言の一つも言ってやらなければならない。

鳩村は、先ほどGPS機能を使って布施の所在地を確認したディレクターに電話した。

「鳩村デスクですか？　何でしょう？」

「まだ、局にいるのか？」

「はい」

「手が空いていたら、もう一度布施の所在を確認してほしいんだ」

「わかりました。折り返し電話します」

「よろしく頼む」

電話を切って、しばらく待った。十分後に携帯電話が鳴った。

「鳩村だ」

「今は、電源が切れていて、位置情報はキャッチできないようです」

「電源が切れている……？　電源が切れたときにどこにいたかわかるか？」

「携帯キャリアのログで基地局を確認してもらうしかないですね。でも、プライバシーの問題があるので、警察とかの捜査でないと、そういう情報は教えてもらえません」

「そうか……。わかった。ごくろうだった」

鳩村は、電話を切ってからしばらく考え込んでいた。

居場所がわからないと聞いた当初は、記者失格だと腹を立てた。しかし、これまで布施と連絡が取れなかったことなどあっただろうか。

その記憶がなかった。

つまり、これは、もしかしたら非常事態なのではないか……。

そう考えると、急に胸騒ぎがしてきた。

まさか、布施に何かあったのではないだろうな……。あいつに限ってそんなことはないだろうとは思う。

だが、万が一ということもある。

先ほども、布施は政治結社の事務所に一人で連れて行かれた。もしかしたら、彼には危険という感覚がないのかもしれない。

それは、いつか命取りになりかねない。今までは、単に運がよかっただけなのではないか。

そう思うと、ますます気がかりになってきた。先ほどとは別の理由で、何としても布施の所在を確認したくなってきた。

だが、どうすればいい……。片っ端から、布施が立ち寄りそうなところに電話をするか。

そこまで考えて、鳩村は愕然《がくぜん》とした。

布施がいつどこで何をしているのか、ほとんど把握していなかったのだ。彼は、どこにでも顔を出す。どこにいても意外な気がしない。

その一方で、彼は自分がどういうところに出入りしているかという話を、鳩村にしたことがほとんどなかった。

行方をくらました誰かを探し出すのは、一人ではとてもできることではない。鳩村は、番組スタッフたちに応援を頼もうと思った。

非番のディレクターに電話をする。

「鳩村デスク、どうしました?」

「布施が行方不明だ」

「いつものことでしょう」

「そういう意味じゃなくて、本当に行方不明のようなんだ」

「どういうことです？」

「捜査一課の刑事から、布施と連絡を取りたいという電話をもらった。布施の携帯電話の電源が切れているようなんだ」

「捜査一課の刑事から……？　どういう用件なんでしょう？」

「相手は言葉を濁した」

「確認したほうがいいですね」

「そのつもりだ。とにかく、布施の居場所をつきとめたい」

「わかりました。何人かで手分けして探してみます」

「頼む」

鳩村は、電話を切った。

それから、考えた。やはり、刑事のほうから記者に連絡を取りたい、などというのは普通ではない。その理由を知る必要がある。

鳩村は、着信履歴を確認し、谷口という刑事に電話することにした。

23

タクシーで高円寺北二丁目の藍本の自宅に向かう途中、携帯電話が振動した。谷口は発信者の表示を確認した。鳩村からだ。

「はい、谷口」

「TBNの鳩村です」

「彼は、捕まりましたか？」

タクシーの中だ。固有名詞は出せない。

「いえ……。まだ、行方がわかりません。そのことで、ちょっとうかがいたいことが……」

「何でしょう？」

「布施に何かあったのでしょうか？」

谷口は、どうこたえていいかわからなくなった。

「ちょっと待ってください」

谷口は、携帯電話のマイクを掌《てのひら》でふさいで、隣の黒田に言った。「先ほど電話をした、彼の上司からなんですが、彼に何かあったのかと訊《き》かれまして……」

黒田は、無言で手を差し出した。谷口は携帯電話を渡した。

「黒田です。今ちょっと、お話しできる状況じゃないんです。こちらからかけ直していいですか？」

相手の返事を待っている。黒田がすぐに言った。

「じゃ、後ほど……」

彼は電話を切って、谷口に返した。

「後で電話し直すんですね？」

谷口が尋ねると、黒田はかぶりを振った。

「律儀にかけることはない」

「え……？」

「かけ直すと言えば、相手はいったん電話を切るしかない」

「またかかってきますよ」

「そのときは、状況が変わっているかもしれない」

なるほど、そういうことか。

マスコミの人間に、今、藍本が殺人の被疑者だと伝えるわけにはいかない。まだ逮捕状も下りていないし、所在も確認されていない。

マスコミに情報を流すのは逮捕後でなくてはならない。そうでないと、捜査にどんな支障があるかわからないのだ。

本部庁舎を出る前に、黒田が係長に報告をして、係長は逮捕状の請求をすると言った。だが、それがいつ下りるかはまだわからない。

それまでに、藍本の所在を確認できればいいのだが……。

タクシーを下りて藍本の自宅に急ぐ。玄関にあるインターホンを何度も鳴らしたが、返事がない。

黒田は舌打ちをした。

「事情を聞きに来たことで、藍本に警戒されちまったな……」

「仕方ないですよ。話を聞きに来たときは、被疑者だなんて思ってもいなかったんですから……」

「だから、うかつだったと言ってるんだ。考えてみれば、藍本は疑うに充分だった」

「そうですか?」

「藍本は、おそらく片山から最も情報を得やすい立場にあった。そして、片山の事件が報道されたその日から、布施につきまとっていたんだ」

「でも、片山と藍本は古い付き合いなんでしょう? 誰も気がつきませんよ」

「古い付き合いらしいと言ったのは『週刊リアル』の平井だが、誰も藍本と片山がいつ知り合ったのかをはっきり証言していない」

そうだったろうか。

谷口は、記憶をたどった。

藍本は片山の紹介で『週刊リアル』に記事を書くようになった。だが、編集者の平井は、二人の関係についてはよく知らないとこたえていた。

二人の関係を知っていたのは、片山と藍本の二人だけだ。そして、片山はすでに死んでいる。

黒田がさらに言った。

「藍本がどうして片山の事件を追っかけているのか、いまいちはっきりしなかった。本人は、片山がつかんでいたネタを自分が引き継ぎたい、なんて言っていたが、それも今考えれば不自然だ」

「警察と手を組むと言っていたのは……」

「その振りをしていただけだ。こちらの手の内を探っていたんだな……」

「じゃあ、藍本が布施さんに接触した本当の目的は……」

「布施が、どこまで知っているのか確かめる必要があったんだ。そして、危険だと判断したら、消すつもりだ」

「布施さんを殺害するということですか？」

「だから、急いでいるんだ」

「でも、何のために布施さんを殺害するんです？」

「まだわからないのか？　木田だけじゃない。片山を殺したのも藍本だ」

「え……？」

「おそらく、藍本の正体に、片山は気づいてしまったんだ。それで藍本は片山をも殺さねばならなくなった。それを布施に知られたのではないかと思い、今度は布施を始末しなければならないと考えたんだ」

「自分たちだけでは手に負えません」

「わかってる。応援部隊も藍本の所在の確認を急いでいるはずだ」

「鳩村さんに事情を説明するべきです。そうすれば、向こうもそれなりに動いてくれるはずです」

「マスコミに、逮捕前の被疑者の情報を与えるというのか？　そんなこと、できるはずはないだろう」

「でも……」

「向こうから電話が来たのだから、非常事態だということに気づいているということだ」

黒田の言うとおりかもしれない。これから、黒田はどうするつもりだろう。

谷口がそう思ったとき、黒田の携帯電話が振動した。

「はい、黒田」

それから、彼はすぐに返事をした。「いえ、自宅にはいませんでした」

電話を切った黒田が谷口に言った。

「とにかく、いったん本部に戻ろう」

タクシーを拾って、桜田門に向かう。

まさか、布施さんは、もう殺されているんじゃないだろうな……。

谷口は、そう思うと気が気ではなかった。


「何としても身柄《ガラ》を取れ」

係長が言った。黒田はこたえた。

「わかってます。やつは、木田だけじゃなくて、おそらく片山も殺害しています」

「檜町公園の件か？」

「そうです」

「所在の手がかりは？」

「まだありません」

「今、別班も走り回っている。課長に言って、さらに増員するつもりだ。檜町公園の件もそいつが被疑者だとしたら、捜査本部も動くだろう。連絡しておく」

「お願いします」

席に戻ると、黒田が谷口に言った。

「鳩村に電話してみろ」

「自分たちが布施さんを探している理由を、また訊かれますよ」

「適当にこたえておけ」

「適当に、と言われても……」

「いいから、かけろ」

谷口は、仕方なく、携帯電話を取り出してかけた。

「はい、鳩村」

「谷口です。先ほどはどうも。それで、布施さんがどこにいるかわかりましたか？」

「まだです。相変わらず、携帯電話の電源が入っていないようです」

「そうですか……」

「どうして布施と連絡を取りたがっているのか、教えてもらえませんか？」

「ええと……。自分じゃなくて、うちの黒田が連絡を取りたがっているだけなんですが……」

「布施は記者です。理由もなく長時間連絡が取れなくなることなど考えられません。何かご存じなら、教えてください」

谷口は、困り果てた。その場しのぎの嘘《うそ》を言っても、いずれはすべて明るみに出る。しかも、鳩村は布施の上司だ。布施に万が一のことがあれば、事情を知っていて知らせなかった黒田と谷口を、厳しく非難するだろう。

谷口は腹をくくることにした。

「布施さんの身に危険が迫っている恐れがあります」

「どんな危険です？」

「殺人の実行犯と接触している可能性があるのです」

「殺人……？　どの事件ですか？」

「これ以上のことは言えません。正式発表の前に捜査情報を洩《も》らすことはできないんです。わかっていただけますよね」

「布施の身が危ないんでしょう？　そんなことを言っているときですか？」

「こちらも、被疑者の所在確認に全力を尽くしていますので……。何かわかったら、連絡をください」

谷口は電話を切った。何だか悪いことをしているような後味の悪さを感じた。

「どうだ？」

黒田が質問してきた。

「まだ、居場所がわからないようです」

「そうか」

「すいません。余計なことをしゃべったかもしれません」

「殺人の話か？」

「はい」

「あの程度のことなら問題ない。何も教えなかったら、向こうも意地になるだろう」

黒田の言葉に、谷口はほっとした。

「これから、どうします？」

「無闇に動き回るのも無駄だ。どうすればいいか、しばらく考えてみよう」

それから黒田は、席でむっつりと考え込んだ。何を考えているのか、谷口には想像もつかない。ただ、今後の展開をじっと待つしかない。

午後五時を過ぎた頃、黒田の携帯電話が振動した。黒田がいつになく慌てた様子で電話に出た。

「今どこにいる？」

谷口は、じっと黒田の様子を見ていた。黒田は、さらに言った。

「福岡だと？　どういうことだ？」

それから、また相手の話を聞いている。

「いいか、藍本は危険だ。すぐにあいつから離れろ。何だと？　何がわかってる、だ」

それから、また相手の話に耳を傾けた様子だった。

「わかった。くれぐれも気をつけろ」

電話を切ると、黒田は立ち上がった。谷口は尋ねた。

「どうしたんです？　布施さんですか？」

「布施だ。福岡にいて、これからＪＲで佐賀駅に向かうそうだ」

「佐賀……？」

「藍本がいっしょだと言っていた。佐賀県警に応援を頼んで、藍本の身柄を確保してもらう」

黒田は、係長のもとに駆け寄った。

布施からの着信で、鳩村は、呼び出し音一つで電話に出た。

「布施か？」

「すいません、何度も電話をいただいたようで……」

「無事なのか？」

「無事ですよ」

「どうして携帯電話の電源を切っていた」

「飛行機に乗っていたもんで……」

「飛行機？　今どこだ？」

「福岡空港に着いたところです。これから、列車で佐賀駅に向かいます」

「なぜだ？」

「藍本が、いっしょに取材についていてくれれば、面白いものを見せてやると言ったので……」

「佐賀といえば、宮崎と茂里下の故郷だが……。アイモトというのは誰だっけ？」

「殺された片山さんの後輩に当たるライターです。『週刊リアル』で片山さんといっしょに働いていたんです」

「被害者の後輩……？」

そこまで言って、鳩村は、はっと気がついた。谷口の言葉を思い出したのだ。彼は、布施が殺人犯と接触している恐れがあると言っていた。「谷口という刑事と電話で話した。まさか、そのアイモトが殺人犯なんじゃないだろうな」

「そうかもしれませんよ」

「おまえは、それを承知で誘いに乗ったのか？」

「まあ、そういうことですね。面白いものを見せてやると言われたら、記者として無視できないでしょう」

「ばかやろう。そんなのはでたらめに決まってるだろう。すぐにそいつと離れて戻って来い」

「黒田さんにも同じことを言われました。でも、今急に帰ると言い出したら、それこそあいつは黙っていないでしょう」

「いったい、どうするつもりなんだ？」

「とことん付き合うつもりですよ」

「殺されたらどうする？」

「心配ありません。黒田さんと連絡を取ってありますから……」

「警察が当てになるか」

「当てになりますよ。藍本の基本情報を集めておいたほうがいいですよ。今日の『ニュースイレブン』に、木田殺害か片山さん殺害の被疑者逮捕のニュースをぶち込めるかもしれません」

「そんなことより、自分のことを心配しろ」

「充分に心配しています。じゃあ、また連絡します」

電話が切れた。

「佐賀だと……」

鳩村はつぶやいていた。

その男が本当に殺人犯なのだろうか。もしそうだとしたら、何が目的で布施を佐賀に連れて行ったのだろう。

佐賀で、布施を殺害するためではないだろうか。そのまま、どこかに逃亡するつもりに違いない。東京で布施を殺害するより、ずっと逃走しやすいはずだ。

そして、佐賀と言えば、布施は興味を引かれてついてくると読んだのだろう。

鳩村は、谷口に電話した。何度呼び出し音を鳴らしても出ない。

「くそっ」

鳩村は、ノートパソコンを立ち上げて、佐賀まで最も早く行ける経路を検索した。

午後六時三十分の、羽田発の直行便がある。鞄《かばん》にノートパソコンを突っ込んで、大声で妻に告げた。

「これから、佐賀に出張だ」

妻は驚きもしない様子で言った。

「お帰りは？」

「わからない」

それきり、妻は何も言わなかった。鳩村は玄関を出て羽田空港に向かった。タクシーが一番早いだろう。

空車が来るのを待っている間に、今日の当番デスクに電話した。

「鳩村か？　どうした？」

「今日、殺人事件の被疑者逮捕があるかもしれない。準備しておいたほうがいい」

「どの殺人事件だ？」

「三ヵ月前のヒットマン殺人か檜町公園のライター殺人か……。いずれにしろ、はっきりしたことがわかったら連絡する」

「固いネタか？」

「布施が追っている」

「なら間違いないな」

「アイモトという男の基本情報を集めておくんだ」

「アイモト……？」

「檜町公園の被害者の後輩に当たるフリーライターだ。『週刊リアル』で仕事をしているはずだ。詳しいことは俺も知らん」

「アイモトは、どんな字を書くんだ？」

「だから、俺はよく知らないんだ」

「了解した。こっちで調べよう。しかし、そんなごついネタを、こっちにくれていいのか？」

スクープをくれてやるのは悔しい。だが、他局に負けるのはもっと悔しい。

「今日の当番はおまえなんだ。この先、成り行きでどうなるかわからんが、基本情報は集めておいたほうがいい」

「わかった。準備しておく」

空車のタクシーがやってきたので、鳩村は手を挙げ、電話を切った。

24

谷口は、東京から佐賀までの経路をパソコンで調べていた。布施は、五時過ぎに福岡空港に到着したということだから、そこから彼らの経路を割り出した。

午後三時二十五分羽田発の便が、福岡に五時十五分に着く。布施たちは、その便に乗ったに違いない。

五時三十七分に地下鉄に乗り、五時四十二分に博多駅に着く。博多からJRに乗り換える。五時五十五分発特急かもめ39号だ。

佐賀駅には六時三十二分に着く。

それを黒田と係長に告げる。係長は、それを課長に上げて、さらに課長は部長に上げると同時に、捜査共助課に連絡を取り、佐賀県警に協力を要請するのだ。

面倒だが必要な手続きだ。いきなり一捜査員が他道府県警に電話をしてもすぐに動いてはくれない。向こうの都合もある。しかるべき手続きを踏んだほうが、後々円滑に物事が進むのだ。

布施から電話が来たのが、午後五時二十分頃。現在、五時二十五分だ。まだ時間に余裕はあるはずだった。佐賀県警がすみやかに動いてくれれば、藍本の身柄を確保できるはずだった。

そのためには、藍本の人着《にんちやく》を佐賀県警に送る必要があったが、別動隊が入手して、携帯電話で送ってくれた。それを、佐賀県警に転送した。

そのとき、係長が言った。

「木田殺害の件で、藍本の逮捕状が下りたぞ。これを持って佐賀に行け」

黒田が谷口に言った。

「今から佐賀に行く、最も早い方法は？」

谷口はパソコンのモニターを見てこたえた。

「十八時三十分羽田発、佐賀行きの便があります。二十時二十五分着。それを逃すと、福岡経由になりますね」

「十八時三十分……。ぎりぎりだな」

係長が即座に言った。

「パトカーを使え。サイレンを鳴らしてぶっ飛ばすんだ。玄関前に待機させておくから、すぐに行け」

黒田と谷口は即座にエレベーターホールに向かって駆け出した。

本部庁舎の玄関にやってくると、ほどなく交通機動隊のパトカーが到着して、二人はそれに乗り込んだ。パトカーはすぐにサイレンを鳴らして走り出した。

パトカーの中で、黒田は電話をかけた。

「中島か？　今夜、例の殺人の被疑者を確保することになると思う」

相手は、捜査二課の中島のようだ。中島は、地検特捜部が動くまで、被疑者逮捕は待ってくれと言っていた。

黒田が電話の向こうの中島に言った。

「緊急性があるんだ。待っていられない。そっちも急ぐんだな。考えようによっては、この逮捕が、茂里下常蔵の身柄を押さえるための糸口になるかもしれない」

それから、しばらく相手の話を聞いていた。

「こいつは、三ヵ月前のヒットマン殺しと、先日の檜町公園のライター殺しの二件の被疑者だ。いくらそっちの事案がでかいといっても、ここは譲れない。そいつは、まさに今、もう一人殺そうとしているんだ。身柄確保は、まったなしなんだ」

相手が何か言う。

黒田がうなずいた。

「うまくいけば、確保は十八時三十分過ぎだ」

電話を切った。

谷口は尋ねた。

「二課の中島さんですね？　何と言ってました？」

「大急ぎで上に伝えると言っていた。藍本の身柄が確保されたら、茂里下常蔵の尻に火がつく。先に茂里下の身柄を押さえることになるだろうと言っていた」

「宮崎大樹のほうは……？」

「臨時国会の会期明けを睨《にら》んでいたようだが、その前に動くことになるだろうな」

国会議員は、国会会期中は逮捕されないことになっている。だから、地検特捜部は、それにタイミングを合わせて一気に事を運ぶつもりだったのだろう。

だが、茂里下の身柄拘束が早まれば、当然宮崎に対する捜査も早まることになる。家宅捜索などは、会期中でもできる。

谷口はつぶやいた。

「それにしても、藍本が二件の殺人の被疑者だったなんて……」

黒田は、ふんと鼻で笑って言った。

「わかってます、か……」

「え……？」

「布施だよ。藍本は危険だと言ったとき、あいつは、しゃあしゃあと、そんなことはわかっていますと言ったんだ。布施は、すでに藍本が殺人犯だということに気づいていたに違いない」

「気づいていながら、佐賀まで同行することにしたというのですか？　それは、いくらなんでも無茶ですよ」

「あいつは、こんなことも言った。飛行機が到着したら、俺に連絡するつもりだったって……」

「飛行機に乗る前に知らせてほしいですよね」

「とにかく、あいつから折り返し電話があったのは事実だ。つまり、俺たち警察が頼りにされているということだ」

「まあ、そういうことでしょうね」

「ならば、その期待を裏切ることはできない」

　鳩村が羽田空港に着いたのは午後五時五十五分のことだった。タクシーが飛ばしてくれたお陰で、なんとか間に合いそうだった。

　カードで航空券を買うと、地上係員が付ききりで、搭乗口まで案内してくれた。キャビンに入り、自分の席に座ったときにはほっとして、どっと汗が噴き出してきた。

　鳩村が着席した後も、まだ乗客を待っているようだった。自分の他にも、ぎりぎりで乗り込む客がいるのだなと思って出入り口をぼんやり見ていた鳩村は、思わず声を上げそうになった。

そこに姿を見せたのは黒田と谷口だった。彼らに話を聞きたかった。だが、機が上空で安定し、安全ベルト着用のサインが消えるまで席を動けない。

彼らはまだ、鳩村に気づいていないようだ。安全ベルト着用のサインが消えるのが待ち遠しかった。

五分遅れで、機は駐機場を離れ、やがて離陸した。ようやく機体が安定して、席を離れられるようになった。鳩村は、すぐさま二人の席に近づいた。

「布施と連絡が取れたんですね？」

声をかけると、谷口が驚いた顔を向けた。黒田は、それほど驚いてはいないように見える。

「鳩村さん……」

谷口が言った。「どうしてここに……？」

「布施のことが心配ですからね。とにかく佐賀に行かなければ、と思いまして……」

「オンエアのときに局にいなくていいんですか？」

「今日は非番です。いったい、何が起きているんです？　教えてもらえませんか？」

黒田が時計を見た。鳩村も思わず時間を確認していた。午後六時四十五分だった。

黒田がぼそりと言った。

「もう終わっているはずだな……」

「終わっている？　何がですか？」

　黒田が鳩村の顔を見た。

「ここでそんなことを話せるはずがないでしょう。さあ、席に戻ってください。飛行機を降りて電話で確認が取れたら、お話ししてもいい」

　キャビンの中には大勢の客がいる。たしかにここでできる話ではない。黒田に言われたとおり、席に戻っておとなしくしているしかない。

「わかりました」

　鳩村は席に戻った。


　飛行機に乗り込む直前に、黒田が係長に電話をして確認した。

「佐賀県警の捜査員たちが、JR佐賀駅で待ち構えているということだ。特急かもめ39号が佐賀駅に着くのは、十八時三十分頃だな？」

「三十二分です」

「その頃、俺たちは飛行機の中だ。電話連絡もできない。佐賀県警に任せるしかない」

「そうですね」

　ぎりぎりで飛行機の搭乗時間に間に合い、席に着いた。携帯電話の電源を落とさなければならない。これから二時間ほど、連絡が取れなくなる。

その間に、佐賀県警による捕り物が行われるはずだ。飛行機が佐賀空港に到着するのは、午後八時二十五分だ。それまで、被疑者確保の成否も、布施が無事なのかもわからない。

佐賀県警がうまくやってくれることを祈るしかない。

失敗したらどういうことになるのだろう。

谷口は、ふとそれを想像してぞっとした。布施は殺され、藍本はまんまと逃亡する。それが最悪のシナリオで、そうならない保証はないのだ。

黒田だって内心は穏やかではないはずだ。それなのに、彼は落ち着いているように見える。それはなぜだろうと考えて、谷口は黒田の言葉を思い出した。

「警察が頼りにされているならば、その期待を裏切ることはできない」と彼は言った。

黒田自身も、警察の力を信じているのだ。

ならば、自分も信じることにしよう。

谷口は思った。今は、それしかないのだ。

離陸してしばらくして、誰かに声をかけられた。

「布施と連絡が取れたんですね?」

鳩村だった。谷口は驚いた。黒田が鳩村に席に戻るように言い、鳩村はその言葉に従った。

今は何も伝えることはない。飛行機を降りるまで、黒田にも谷口にも何もわからないのだ。

飛行機は定刻に佐賀空港に着陸した。タキシングの時間が苛立《いらだ》たしい。谷口は、今すぐにでも携帯電話の電源を入れたかった。黒田は、相変わらず落ち着いている。

ようやく駐機場に到着し、ベルト着用のサインが消えると同時に黒田が立ち上がった。

ドアが開く前から、出入り口のほうに進んだ。谷口もぴたりとついていった。

ドアが開き、キャビンの外に出ると、黒田はすぐに携帯電話の電源を入れた。彼は、係長に電話をした。

「どうなりました？」

足早に出口に向かいながら、相手の言葉に耳を傾けている。

谷口も、早く結果を知りたかった。

黒田が電話を切った。谷口は黒田が係長に言ったのと同じ質問をした。

「どうなりました？」

黒田は、急ぎ足のままこたえた。

「確保だ」

「被疑者確保ですね？」

「ああ。午後六時四十分、身柄確保した。これから、俺たちは県警本部に行き、逮捕状を執行する」

「布施さんは？」

「無事だ」

「今どこに……？」

「県警本部で事情聴取を受けている」

タクシー乗り場に向かおうとしていると、後ろから呼びかけられた。鳩村だった。

「何が起きているのか、説明してください」

黒田がこたえた。

「おたくの記者さんは、殺人の被疑者といっしょに佐賀まで旅行したんですよ」

「殺人の被疑者というのはアイモトのことですか？」

「それは、俺の口からは言えませんね。警察の正式発表を待ってください。あるいは、布施に訊《き》くとか……」

黒田は、鳩村に背を向けて歩き出した。谷口はそのあとを追った。

黒田と谷口の後ろ姿を見て、鳩村は立ち尽くしていた。佐賀空港まで来たはいいが、これからどうしていいかわからない。

そのとき、携帯電話が振動した。布施からだった。

「無事か？　今どこにいる？」

「佐賀県警本部ですが、追い出されました」

「追い出された？」

「事情聴取を受けていたんです。それが終わって、記者だとわかったとたんに、部屋から出て行けと……。今、本部庁舎の一階にいます」

「いったい、何があったんだ？」

「特急で博多から佐賀にやってきました。佐賀駅で捜査員が待ち構えていて、藍本の身柄が確保されました」

「おまえは、そばにいたのか？」

「ええ、藍本といっしょでしたからね。動画押さえましたよ」

「身柄確保の瞬間を、か？」

「そうです」

鳩村は驚いた。

「決定的瞬間じゃないか」

「メールサービスを使って、局のサーバーに動画を送っておきました。今夜流せますよね」

「待て。俺にはまだ、何が何だかわからないんだ。とにかく、合流しよう。県警本部だな？」

「合流？　今どこです？」

「佐賀空港だ」

「ここで待ってます」

鳩村は、電話を切ると、タクシー乗り場に急いだ。

県警本部庁舎の一階で、布施を見たとき、谷口は、何と言っていいかわからない気持ちになった。安堵《あんど》と喜びと、一種の共感が入り混じっている。同じ事案を追ったという共感に違いなかった。

黒田が布施に言った。

「こんなところで何をしている？」

「取材ですよ」

「あんたは殺されるかもしれなかったんだぞ」

布施はにっと笑った。

「黒田さんが助けてくれると信じていましたからね……」

黒田は、顔をしかめた。

「殺人自体には興味がなかったんじゃないのか？」

「まあ、行きがかり上、しょうがなかったんですよ」

「いつから藍本が怪しいと睨んでいたんだ？」

「『かめ吉』で会ったときからですよ。俺がたまたま殺人現場の映像を押さえたからって、わざわざ会いに来て、あれこれ話を聞きたがるのは妙だと感じましたからね」

「俺もヤキが回ったかな……」

「藍本は、片山さんと木田の両方を殺しているんですね？」

「俺が持っているのは、木田の殺害に対する逮捕状だ。片山の件は、捜査本部で再逮捕することになるだろう」

「被疑者が確保できて何よりでした」

黒田はうなずいて、歩き出そうとした。それから、布施の脇で立ち止まり、ぼそりとつぶやいた。

「地検特捜部が動くぞ」

捜査情報の漏洩《ろうえい》だ。だが、谷口は、この一言に驚かなかった。藍本を被疑者と特定し、身柄確保するに当たって、布施の功績は無視できない。言わば、ギブアンドテイクだ。

出入り口のほうから声がした。

「布施……」

鳩村だった。彼は布施に駆け寄って、あれこれ質問攻めにしている。布施が説明を始めるところを見てから、谷口は黒田とともにエレベーターに乗った。

25

継続捜査なんて、地味なものだ。事実上は迷宮入りなのだが、世間や被害者向けの対策で捜査を続けているだけなのかもしれない。

谷口はずっとそう思っていた。だが、こうして、事件を解決してみると、その喜びはひとしおだった。

藍本の身柄は、檜町公園殺人事件の捜査本部に移送された。そこで、厳しく取り調べられた。当初、本人は犯行を否認していたが、家宅捜索によって発見された匕首《あいくち》が、片山の体に残っていた傷と一致して、凶器と断定された。

捜査本部は、片山殺害の容疑で藍本を再逮捕した。

その後、藍本は急に協力的になったという。送検・起訴は免れ得ないと悟り、一人で罪を背負い込むのはばからしいと思ったのだろうと、取り調べを担当した捜査員が言っていたそうだ。

事件の経緯は、ほぼ黒田が言ったとおりだった。藍本は、入所中の木田に片山が接触していたことを知った。出所後の木田の行方を探す必要に迫られた藍本は、ライターとして働きながら、片山の動向を探り、木田の所在をつきとめた。そして殺害。それに片山が気づいた。藍本は、口封じのために片山も殺害した。

布施のスクープ映像を見て、布施が片山殺害に関することを詳しく知っているのではないかと疑い、接触してきたのだ。

布施は、『かめ吉』で藍本に会ったときから怪しいと思っていたようだ。そんなそぶりはおくびにも出さなかった。布施という男は、底が知れない。それでいて、親しみを感じさせる。まったく不思議な男だと、谷口は思った。

藍本の身柄確保の映像に始まり、地検特捜部による茂里下常蔵逮捕や、宮崎大樹の事務所と自宅の家宅捜索など、世の中はちょっとした騒ぎになっていた。

『ニュースイレブン』は、常に報道合戦のトップを走り、油井報道局長はご機嫌だった。

鳩村も、もちろん気分がよかった。だが、手放しで喜んでいたわけではない。反省点もいろいろあった。

布施は、今回も殺人事件や贈収賄事件で、スクープを持って来た。だが、彼の行動は記者として決してほめられたものではないと、鳩村は考えていた。

あまりにもリスクが大きかったし、事件の当事者に近づき過ぎた。スクープをものにすれば、何をしてもいいというものではない。

キャスターの鳥飼や香山恵理子は、いつものとおり、布施を賞賛している。スクープは、彼らによって世の中に発表される。それは誇らしい瞬間なので、彼らは布施に感謝することになる。

鳩村は、鳥飼や恵理子に、あまり布施をいい気にさせるな、と釘《くぎ》を刺していた。恵理子が鳩村に言った。

「あら、布施ちゃんは、いい気になんてなっていないわ」

たしかに、そうかもしれない。布施は相変わらず飄々《ひょうひょう》としている。だが、誰かが手綱《たづな》を締めなければならない。

それは、俺の役目だと、鳩村はあらためて思っていた。

湯本がTBN報道局を訪ねて来たのは、臨時国会の会期が明けて、宮崎大樹が逮捕されたというニュースが報じられた直後だった。

檀秀人の政策秘書が、直々にテレビ局を訪ねて来たので、鳩村は驚いていた。応接セットに案内しようとしたが、湯本は、それを断り、立ったまま言った。

「すぐにおいとまします。近くまで来たので、寄らせていただきました」

「どういったご用件でしょう」

「次々とスクープ報道をされる『ニュースイレブン』を制作されているのは、どんなところかと思いましてね。一目現場を拝見したかったのです」

「どこの局でも同じようなものですよ」

「先日お会いした、布施さんは、ちょっと違ったようにお見受けしました」

また布施か……。鳩村はそう思いながら言った。

「布施を呼びましょうか？」

「ぜひ」

どこにいるかわからないが、局内にはいるはずだった。スタッフに呼び出してもらった。

五分ほどして、布施がやってきた。

「やあ、湯本さん」

「ご無沙汰しております。一言、お礼を申し上げたくて参りました」

「お礼？」

「檀を救っていただきました」

「救った？　そんなつもりはありませんよ」

「檀をつぶそうとしていた宮崎大樹が逮捕されたのは、あなた方が例の写真をああいう形で取り上げてくださったからだと思っています」

「はっきり言っておきますけどね。俺は、どちらの味方でもありません。ただ、偏った報道によって世の中が特定の方向に傾いていくのが気持ち悪いだけです」

「偏った報道……」

湯本が考えながら言った。「どういう報道がどういうふうに偏っているかを見極めるのは難しいですね。誰がそれを判断するのです？」

布施がにっと笑った。

「俺ですよ」

「あなたがすべての判断を……？」

「そして、あなたです。鳩村デスクも、あそこにいるスタッフも、それぞれに判断するんです」

湯本は、しばらく考えていた。やがて、彼は言った。

「なるほど……。興味深いご意見です」

「ごく普通の意見だと思いますけど……」

「やはり、あなたは面白い方だ。またいつか、お会いしたい。では、これで失礼します」

湯本が鳩村にも一礼して去って行った。

鳩村は、布施の言葉について考えていた。

そうだ。特定の誰かに、報道が適正かどうかの判断を委《ゆだ》ねるわけではない。視聴者一人一人が、そして国民の一人一人が判断を下すのだ。我々は、そのための材料を提供しているに過ぎない。

そう思うと、鳩村は気分が高揚するのを感じた。

時計を見ると午後六時になろうとしていた。

「さあ、会議を始めるぞ」

布施京一、鳥飼行雄、香山恵理子。いつものメンバーが顔をそろえる。頼りになる連中だ。彼らがいれば、これからもやっていける。

鳩村はそう思っていた。

解　説

東　えりか

二〇一三年、今野敏は作家生活三十五周年を迎えた。一月、『欠落』（「同期シリーズ」講談社）、二月、『晩夏』（「安積班シリーズ」角川春樹事務所）、五月、本作『クローズアップ』（「スクープシリーズ」集英社）、そして六月、『宰領』（「隠蔽捜査シリーズ」新潮社）と人気シリーズの新作が立て続けに上梓《じょうし》された。半年に四冊とは驚異的なスピードだが、この四つの出版社が協力して特別小冊子『今野敏の軌跡』が限定二千部で作られたことでも大きな話題を呼んだ。

『今野敏の軌跡』には書下ろし短編小説が一本と、書評家・西上心太による作家生活三十五年の作品解説がドーンと収録されている。また、たくさんのシリーズを持つ作家だけに、それぞれに登場する人物の相関図は読者にとって大変ありがたいものであった。

この段階で書かれた小説は百七十冊以上、今年中（二〇一五年）には百八十冊を超えるだろう。テレビドラマ化も続々となされ、超人気作家のひとりである。

本書『クローズアップ』はテレビの報道局記者が主人公の「スクープシリーズ」第三

作。警察官を主人公に据えたほかのシリーズものとは一味違っている。TBN報道局の番組「ニュースイレブン」を舞台に、スクープを連発する遊軍記者・布施京一の活躍を描いていく。このシリーズ第一作目の『スクープ』が発売されたのは一九九七年（初出タイトルは『スクープですよ！』〈実業之日本社〉）。「ニュースイレブン」はずいぶんと長寿番組ということになる。

布施以外には、堅物の番組デスク鳩村昭夫、ベテランアナウンサーでメインキャスターの鳥飼行雄、アシスタントでミニスカートから出る足が美しい香山恵理子、そして持ちつ持たれつの関係を続ける警視庁捜査一課特命捜査対策室の部長刑事、黒田裕介、金魚の糞のようにくっついてくる東都新聞社会部の記者、持田豊が登場する。布施がどこからか嗅ぎ付けてきた事件の尻尾《しっぽ》が、やがて大きな特ダネに結びついていく刺激的な過程は、今野敏ファンにはたまらないだろう。

『クローズアップ』も大物政治家のネガティブキャンペーンと地方やくざの裏の世界を描いていく。このところ取沙汰されるテレビ界への政治介入についても、一足早く描かれており、さすがに世の中に漂う空気感を読むのに長《た》けた作家だと感心した。

本書刊行を記念して行われたジャーナリストの池上彰との対談（『青春と読書』二〇一三年六月号）は興味深かった。池上自身、テレビ局の遊軍記者の経験を持つため布施京一には特別なシンパシーを感じているようだ。

布施という男は、ただ楽しく飲み歩いているようなのに、勝手にスクープネタが転がり込んでくる。こんな記者は羨ましくないか、と今野が尋ねると、池上はこう答えた。

「かつてはそういう記者が実際にいましたよ。私がＮＨＫの社会部にいた頃の大先輩で、とてつもない特ダネ記者がいて、いつも何やっているかわからない。それでいて、ときどきとてつもない特ダネをもってきて、みんながあっと驚く」

なるほど、事件に鼻が利くヤツというのはそういうものなのかもしれない。

ふたりの対談であるはずが、さすがに聞き上手の池上彰、いつのまにか布施京一とはどういう記者かを今野から聞きだしてしまった。

「要するに、布施が一番関心があるのは人間関係なんです。それは、彼にとってジャーナリズムとは何かということにもなるのですが、ジャーナリズムは商品ではなくて、人のためにあるものだというのが彼の原則なんです」

商品価値のあるようなニュースばかりが流れる今日このごろ、軽佻浮薄《けいちょうふはく》なコメントを吐くジャーナリストたちに突き付けてやりたいような言葉である。

今野敏の小説が多くの人に熱狂的に受け入れられるのは、根底に流れる正義感ではないだろうか。少々まっとうすぎるほど真っ直ぐな男が愚直に活躍する。分かりやすくストレートで、読み終わったあとスッキリする小説が、今野作品の醍醐味《だいごみ》なのだ。

三十七年前のデビュー時、今野はまだ二十二歳の大学生だった。第四回問題小説新人賞を受賞したのだが、同じときの最終候補は、その後、冒険小説作家となった南里征典《なんりせいてん》や「浅見光彦シリーズ」の内田康夫がいたというのは、語り継がれて伝説のようになっている。

大学卒業後、一度は大手レコード会社に就職し、音楽ディレクターとして働いたが、作家の夢を追うため、二年半で退社している。その頃てがけたアーティストに小室哲哉、宇都宮隆、木根尚登《なおと》の三人で構成されていた「TM NETWORK」の前身バンド「SPEEDWAY」があった。小室サウンドの萌芽《ほうが》に立ち会っていたのである。初の著書『ジャズ水滸伝』という凄腕《すごうで》のジャズミュージシャンと悪の組織が戦う物語。空手の師範としても、世界を股にかけて活躍している今野の原点をみるようだ。

さて今野がデビューを果たした一九八〇年代前半、エンターテインメント小説にはいくつかのおおきな流れがあった。

ひとつは冒険小説作家が多くデビューしたことだ。今野と同い年の大沢在昌や、二〇一五年四月に惜しまれつつ亡くなった船戸与一のデビューが七九年、逢坂剛は八〇年、北方謙三や志水辰夫は八一年にデビューしている。ちょうどその頃から『月刊プレイボーイ』誌で内藤陳《ちん》の「読まずに死ねるか!」が連載を開始し、冒険小説やハードボイルド小説を紹介しはじめ、八一年には日本冒険小説協会も設立され、ブームとなった。

もうひとつはノベルズブームである。赤川次郎、西村京太郎、山村美紗などミステリーブームにのり、毎月のように刊行された。またif戦記「もしあの作戦がこうだったら」という架空戦記も人気を呼んだ。夢枕獏《ばく》、菊地秀行を核となす伝奇小説が人気を博したのも、ノベルズ戦争に拍車をかけた。

今野敏はこのどちらでも作品を書ける強みがあった。さまざまな引き出しを持ち、好奇心の強い若い作家は、SF、格闘技、伝奇小説とさまざまなジャンルの小説を書き上げていく。出版社からの注文も多かっただろう。ただ、この器用さは、反面「このジャンルならば」という強さに欠けた。多くの作品を出しながら、今一歩ブレイクできなかったのは、この器用さが災いしたのかもしれない。

私が今野敏と知り合ったのは、多分九〇年ごろだと思う。北方謙三氏の秘書として働き始めてから数年後のことである。出版業界も余裕があり、作家たちも二十代後半から三十代が多かったせいか、よくみんなで飲みに行った。今野はみんなから「敏ちゃん」と呼ばれ、とても好かれていた。いや、いまでも敏ちゃんの悪口は聞いたことがない。

「もうちょっと売れないかなあ」と正直に言う敏ちゃんの作品を、私は多く読んでいた。

請われてノンフィクション本の紹介は始めていたが、作家の秘書である以上、小説の書評はしないと決めていたが、事務所にパソコンが入り、今野敏のメールアドレスを教えてもらってから、私は個人的に感想メールを送るようになった。彼だけではない、何人か、好きな作家に感想を伝えていた。いくつかの作品にはダメ出しをしたこともあったが、概《おおむ》ね、私は今野敏の小説の支持者だった。

その当時、特に好きだった作品は『慎治』（中公文庫）だ。二十世紀末、まだいじめ問題がそれほど顕在化していなかったころ、一人のいじめ被害者の中学生と、それを助けるガンダムオタク教師との共闘の物語で、時代を先取りしていた。このバックグラウンドにも正義感が満ち満ちている。メールで絶賛評を送ったところ、これまた素直に喜びの返事が戻ってきたのを鮮明に覚えている。

その少し前だったろうか、今野から珍しく電話をもらい、警察や捜査関係者に知り合いはいないかと聞かれた。北方作品の下調べのおり事実関係や歴史背景などを教えてもらうため、歴史学者や法律家、警察関係者など、お世話になっていた知恵袋のような人たちが何人かいて、そのなかのひとりを今野と引き合わせた。

そのことがきっかけになったわけではないだろうが、後年「安積班シリーズ」や「隠蔽捜査シリーズ」で警察小説の第一人者になり、この分野のけん引役となっていく。

小説家になりたい、という人は多い。新人賞を取るまでもたいへんだが、実はそこから長く小説家を続けることが大変難しいのだ。昨今では、新人賞を取ってから五年後に作家として生き残っている確率は極めて低い。

今野敏は生き残った。そして第一線で今でも活躍している。作品の質もさることながら、彼の人柄の良さについても最後に触れたい。現在、日本推理作家協会の代表理事でもあり、多くの新人賞の最終選考委員を務め、「空手道今野塾」を主宰。多忙な身でありながら、編集者の締め切りはきちんと守る。出版社のパーティなどで出会ってもさわやかな笑顔でなかったことはないし、女性たちにもやさしく、銀座のホステスたちの人気も高い。還暦になるというのに若々しく、格闘家としての体作りにも余念がない。

いつの間にか、完璧な理想の作家になってしまった。しかしそろそろジジイの仲間に入ってきたのだ。意地悪く小汚く、世間の嫌われ者の小説も読んでみたい。あるいは初心に返って壮大な伝奇小説もいいかもしれない。まだまだ新しい才能が潜んでいるような気がする。作家生活五十周年の今野敏を楽しみに待っていよう。

（あずま・えりか　文芸評論家）

初出
「小説すばる」二〇一二年三月号〜二〇一三年二月号
本書は二〇一三年五月、集英社より刊行されました。

今野　敏の本

スクープ

人気報道番組の遊軍記者・布施京一は、見かけによらず凄腕で、独自取材で数々のスクープをものにしている。今日も事件を追いかけ、夜の街へ……都会の闇を描くサスペンス短編集。

集英社文庫

集英社文庫

クローズアップ

2015年7月25日　第1刷
2023年2月14日　第7刷

定価はカバーに表示してあります。

著　者　今野《こんの》　敏《びん》

発行者　樋口尚也

発行所　株式会社　集英社
東京都千代田区一ツ橋2-5-10　〒101-8050
電話　【編集部】03-3230-6095
【読者係】03-3230-6080
【販売部】03-3230-6393（書店専用）

印　刷　凸版印刷株式会社

製　本　加藤製本株式会社

フォーマットデザイン　アリヤマデザインストア　　マークデザイン　居山浩二

ISBN978-4-08-745337-9 C0193